天鷹翱翔

李潼——著

目次

推薦序一　阿龍的想望／許建崑　5
推薦序二　用手用腳寫小說／徐惠隆　13
作者手稿　22
1　有點好笑的天鷹專用跑道　24
2　汗水結晶的神勇號　32
3　新來的高手就是不一樣　40
4　向勝利之路勇往直前　66
5　延期比賽會讓人瞧不起　79
6　露一手讓大家開眼界　89

7 變音走調的騎兵進行曲 108
8 天鷹俱樂部的水準實在是 119
9 師徒聯手上陣找信心 133
10 請讓我們重新宣誓入會 144
賞析 天鷹展翅搏九天／蔡清波 154
後記一 起飛、航行和降落／李潼 161
後記二 在文學天空飛航前的李潼／賴南海 170
後記三 飛行人生／賴以誠 177

推薦序一

阿龍的想望

前東海大學中文系教授 許建崑

在學校裡看見同學玩遙控飛機，阿龍也想呢。他低聲下氣的向同學借來玩玩，覺得不過癮。聽說宜蘭羅東溪河床，有教練組織飛行俱樂部，飛行技術最優秀的可以獲得一架嶄新的飛機當獎品。阿龍動了念頭，邀集小彬暑假去打工送報，合買一架飛機，然後加入俱樂部，以優異的飛行技術再去贏得獎品。那麼，他和小彬不就各有一架飛機了嗎？

阿龍與小彬兩人辛勤勞苦，湊足了錢，買下飛機，實現夢想第一步。可是在飛行技術和機械保養上，不能靠「憨膽」啊。要贏得比賽，也不容易。兩個孩子把俱樂部的隊員全部當作假想敵，處心積慮要勝過他人，搶得先機；然而，隊員們卻把這兩位特立獨行的小夥子，當作生力軍，給予全力支援。這種不對等的關係，換句俚語來說，是「用熱臉來貼人家的冷屁股。」

比賽當天，就要見真章了！可是，老天爺不賞臉，羅東溪河床颳起了怪風，遙控飛機要怎麼起飛呢？飛上天的又如何倖存呢？阿龍急了，他有些沉不住氣了。

李潼寫作的里程碑

這部中篇少年小說是一九八四年李潼三十二歲發表的獲獎作品，

一九八六年得到金鼎獎出版推薦獎。在這之前，李潼寫過民歌，其中以〈廟會〉、〈月琴〉最受人稱賞。一九八〇年他以〈外公家的牛〉，得到教育部文藝創作獎，開啟了兒童文學寫作的大門。《天鷹翱翔》之後，仍以《順風耳的新香爐》、《再見天人菊》參加洪建全兒童文學創作獎少年小說創作比賽，連續三年獲得第一名，被稱為「三冠王」。所以說，《天鷹翱翔》是李潼邁向少年小說寫作的里程碑。

從李潼早期作品來看，故事的主角往往是頑皮搗蛋而有學習障礙的小男孩，在家境困難的環境下掙扎著，試圖撕掉人們眼中「壞孩子」的標籤；這與坊間一般少年小說中，描寫貧苦而乖巧、認真而上進的「乖小孩」，大有不同。

李潼能同理生活困境的孩子。他靠著堅忍的意志力，為外公讀報紙，聽民歌，寫新詞，大量閱讀世界文學名著，寫小說，關懷蘭陽地區的事物，呼喚全國有志一同的作家朋友來參與，一點一滴建構兒童文學的樂園。而少年小說的創作，正是他最拿手，也最足以傲人的成就。

想飛的願望

《天鷹翱翔》的節奏明快，氛圍到位。試從情節的鋪排來看，阿龍和小彬去參加俱樂部，回溯入會的動機，接受歡迎儀式，檢視神勇號性能，加入練習行列，公布比賽規則，氣候阻撓飛行，外地選手飛行示範，神勇號逞能摔機，外地裁判鄙夷團隊水準，師徒為自尊自信再飛，故事終止於阿龍與小彬重新宣誓入會。整部作品的時間流程，控制在一、兩個禮拜之內，卻可以讓讀者屏住呼吸，在一、兩個小時之內讀完。

看似與情節無關的場景描寫，暗藏了許多訊息。譬如，故事開端所描繪的秋天，羅東溪的溪床萎縮了，拔高的芒草遮蔽路徑，芒花飛舞；一排三架的飛機從頭頂上呼嘯飛過，是隊員精心設計的歡迎儀式。這段抒情而美麗的文字書寫，把阿龍和小彬冒著迷路與蛇吻的可能，接受未知的挑戰，充滿危疑不安。

人物設計，更是此部小說的亮點。阿龍不服輸的個性，彷彿是李潼自己的化身；而小彬是他得力的助手，有時候反而幫倒忙。兩個人唱著雙簧，彷彿天生一對。李潼刻畫阿龍忤逆的行徑，讓人既生氣又不忍苛責，想疼惜又害怕再惹麻煩；等到情節反轉，阿龍重新省視了自己，放下猜疑，接受別人的善意，像是雨過天晴，萬象更新。

書中有三個重要的配角，改變了阿龍憤世嫉俗的態度。戴墨鏡的陳教練，長相斯文，說話速度很慢，立法嚴峻，執法不苟，扮演黑臉的角色；這個造型有點熟悉，感覺像是主唱〈亞細亞的孤兒〉的羅大佑。操作「紅飛俠」的少年建宏，會讓人想起席德進的名畫〈紅衣少年〉，熱情、開朗，信任他人，主動救援，是個顯性的甘草人物。而駕馭「自強號」身兼副教練的阿強，是隱藏版的救援手，他不動聲色地檢查「神勇號」發動機的問題；在飛行比賽中，又與「征空號」的文堂，設法拖延飛行的時間，以等待「神勇號」整修成功，重新飛回天上。

超前部署的教育想望

「同舟共濟，相互扶持」是李潼作品中常見的主題，在這部作品中也強調這個道理。對小學高年級以下的讀者而言，淺顯而易懂，可以鼓舞他們團結合作的精神，也可以啟發他們漫天飛翔的想望；對於國中生以上的讀者呢？就不免有主題外顯的疑慮。

然而，時代進步，現在的遙控飛機不再是「體型笨重，添加木精燃料」的單一選擇，除了以螺旋槳飛行以外，可以選擇渦輪噴射，也發展出垂直升降的空拍機；更可以積體電路板來操作舵機，做精準飛行，是一門大學問。突然想到：「操作遙控飛機，可否列入學習履歷？作為申請入學的憑證？」

阿龍因為個人的想望而「自主學習」，對於遙控飛機有獨到的體會，如果能更進一步了解飛行極限與流體力學等等，將來是優秀的遠端遙控科學家，或是出色的飛行員，也說不定。經歷這次慘痛的比賽經驗，雖然鎩羽而歸，沒有得到「天鷹號」的獎勵，但是阿龍已經懂得「溝通互動」與「社會參與」，欣然接受「天鷹公約」的號召。相信在未來生活規畫中，一定會有坦然而順利的安排。「自發、互動、共好」不正是今年教育部開始施行「一〇八課綱」的精神嗎？三十五年前的李潼，怎麼會在《天鷹翱翔》的故事裡，超前揭示這樣的教育理念呢？

推薦序二

用手用腳寫小說

鄉土文史工作者
宜蘭縣文藝作家協會理事長 徐惠隆

認識李潼是個機緣。民國六十年代，李潼在羅東高工擔任建築科技士。我的家離學校百公尺遠，一到放學時刻，耳邊傳來籃球場上的嘶吼聲。我一個才七歲大的外甥常往學校運動場上跑，有一天，他高興地拿著一個錄音帶，說是一位長得很高很壯的大哥哥送給他的。一看錄音帶封面歌曲目錄，「賴西安」名字赫然映入眼簾，這位身高接近一百八十公分的大男生，打起籃球的動作又那樣地「粗」，與錄音帶中那首幽怨的〈月琴〉，熱鬧的〈廟會〉似乎搭不起調來。

「李潼」是賴西安的筆名。李是他母親的姓，而「潼」與「童」為同音字，李潼，以閩南語唸的話，音同「兒童」，可見得李潼多麼疼惜兒童了。

一九八四年，李潼的中篇少年小說《天鷹翱翔》獲得第十一屆洪建全兒童文學獎的肯定，更進而獲得一九八六年行政院新聞局金鼎獎優良圖書出版推薦獎。這本小說故事簡單，但情節感人，一看下去就讓人欲罷不能！

年少氣傲的阿龍和小彬，具有叛逆個性的兩個小子扛著嶄新的遙控飛機「神勇號」，走在崎嶇不平的河床上，想要參加蘭陽平原有史以來第一次舉辦的遙控飛機人賽，獎品是天鷹號一架，還有天鷹獎章一枚。「為什麼要參加天鷹俱樂部？」這句話就留下了整本小說的伏筆。李潼在安排故事情節上費了一番功夫，先是有點嘲笑地批評天鷹專用跑道，然後兩個小子在大家注視下，趾高氣揚讓神勇號左傾、右斜、飛高、飛低、翻筋斗，在嗯嗯聲響中，來個「草上飛」、「麻花捲」。驕傲一陣之後，阿龍、小彬看不慣外地選手鯊魚飛機的光彩，在陳教練繃著臉的情況下，好強地在比賽前硬推神勇號來個熱身。神勇號「火箭式起飛」，然後三百公尺的草上飛、麻花捲、急速旋轉芭蕾舞，最後一招要穿越歪仔歪橋墩時，螺旋槳聲軟弱下來，在陳教練心急喊著「拉高」聲中，神勇號摔向怪老子後院的竹圍。小說故事到了這裡，神勇號損壞了，該如何收尾？

李潼轉換場景，讓比賽繼續進行，故意安排紅飛俠的螺旋槳和尾翼安裝在神勇號上的情節，拉高了故事可看性。這幾個遙控飛機的少年原本是競爭對手，到了此刻，搖身一變卻成了「榮譽共同體」，就在「征空號」、「自強號」等幾架飛機相繼出場時，「自強號」故意拖延時間，一次又一次地在空中兜圈子，它在等候神勇號再次神勇地飛翔出擊。陳教練緊抿著嘴的那時刻，天鷹俱樂部卻也展開了新的團體整合，這是李潼在經營少年小說時的一大特色，如果故事內容有所謂的「微言大義」，那就是這裡了。只見天鷹俱樂部的師徒們一起把修復好的神勇號推上跑道，加演一場空中秀，在陳教練的指揮下，三架飛機（天鷹號、自強號、神勇號）在嗯嗯聲中翱翔天際，就是一板一眼地「穩定起飛，穿過橋孔，

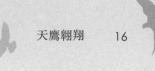

滑行降落」。溪床兩岸的觀眾爆出如雷的掌聲，剛要離開比賽場地的外地裁判也高聲喊出：「明年夏天，請來參加我們的表演賽吧！」小說結尾，鏡頭回到第三章宣誓入會的情節，阿龍和小彬以嚴肅表情，嘹亮雄壯的聲量舉起右手，重新宣誓入會成為天鷹俱樂部的會員。

《天鷹翱翔》小說中的阿龍、小彬、富翁胖子、陳教練、紅衣少年、阿強等都是你我身邊的陌生人，但也會變成好朋友。少年人需要的就是自信，而在自信之外，仍需要朋友、師長、長輩的關心，《天鷹翱翔》最主要傳達的元素就是不服輸的傲性。這包括：集體的關懷、訓練、紀律與合作。

閱讀李潼的小說，多少需要一點鄉土史地認識才行。李潼構築的小說裡，有許多鄉土味道，這味道包括：史地、人物、民俗、戲曲、信仰等。李潼的成名著作《少年噶瑪蘭》講到宜蘭的開墾者吳沙、蕭竹友；《望天丘》談到陳輝煌、簡文登等，這些宜蘭人耳熟能詳的歷史人物，對其他縣市的讀者來講恐怕是一個閱讀障礙，好在我們閱讀的不是鄉土史，而是想像的小說。黃春明先生非常主張「用腳讀地理」，意思是說不管你生長在哪個地方，一定要用你的雙腳一步一腳印去接近土地，去認識鄉土。我想這做得最澈底的人就是李潼了。

在這本《天鷹翱翔》小說中，有一些場景、古地名，要讓讀者稍稍了解。先談「電火溪」，在民國七十一年臺灣省主席林洋港視察時，鑑於溪水豐富的農田效益，安定農民生活而改名為「安農溪」。之前所以叫做電火溪，是因為它引用蘭陽溪溪水利用落差高度原理，帶動水力發電，發電後排放的尾水形成溪流，灌溉著三星、五結、羅東、冬山等鄉鎮的農田，它是一條具有防洪、發電、灌溉、林業運輸等多重功用的河川，當地人就稱呼為「電火溪」。《天鷹翱翔》小說中，真正讓神勇號飛翔處是羅東溪溪床。羅東溪與安農溪兩條河，比鄰而居，李潼的家原來住在羅東溪附近（也就是現在的羅東運動公園範圍內），從他家二樓樓頂就可看得見溪床，到了十月秋初時節，溪床一片芒草，小說開頭描述著「毛茸茸的芒花沾了他們一頭一臉，癢癢的感覺拂不掉，又置身在一望無際的芒浪間」這景致每年都會上演。一九八三年時李潼寫的羅東溪，到現在依然有著不變美麗的容顏：寬闊溪床、芒花、高低石堆等，開卷閱讀《天鷹翱翔》的朋友，不妨來羅東溪看看這景色吧！

另外一個「歪仔歪橋」，就更讓外縣市的讀者摸不著頭緒，感到迷惑？為什麼橋會歪來又歪去的？哈！「歪仔歪」是平埔族噶瑪蘭人的一個部落名，它就位於羅東溪畔，歪仔歪是噶瑪蘭語的發音，翻成漢字就是「藤」的意思。換句話說，歪仔歪部落附近有很多很多的樹藤，在農業時代，漢人到處砍下藤蔓製作家具，當然歪仔歪的藤都被取光了，社裡的噶瑪蘭人也被迫離開，只留下古老的社名，古地名成為歷史的記憶。

日本人統治臺灣期間，發現太平山上的珍貴檜木，於是在一九〇六年起開始大量伐木，剛開始時，檜木以蘭陽溪流水為木材集運，但因溪水量不足，後來羅東街街長陳純精發動居民樂捐而興建五分仔運材火車路線，經過羅東溪歪仔歪河床時，所用的橋墩都來自太平山的檜木，這也是臺灣絕無僅有的橋墩支架。李潼把飛機穿越橋墩的想像寫入小說，無形之中，也把宜蘭的史地做了密切的聯結。所以說，李潼的少年小說是用手用腳寫出來的，我們不必按圖索驥般地去對照小說的人物、場景；但那來自鄉土的呼喚一直是李潼念茲在茲地抒發。

我以李潼老友的身分強烈建議《天鷹翱翔》的讀者，如果你要好好進入天鷹翱翔的世界，那麼來一趟羅東溪，就在羅東運動公園旁，徜徉藍天白雲的綠草地上，與李潼一起駕馭那架神勇號、天鷹號吧！

作者手稿

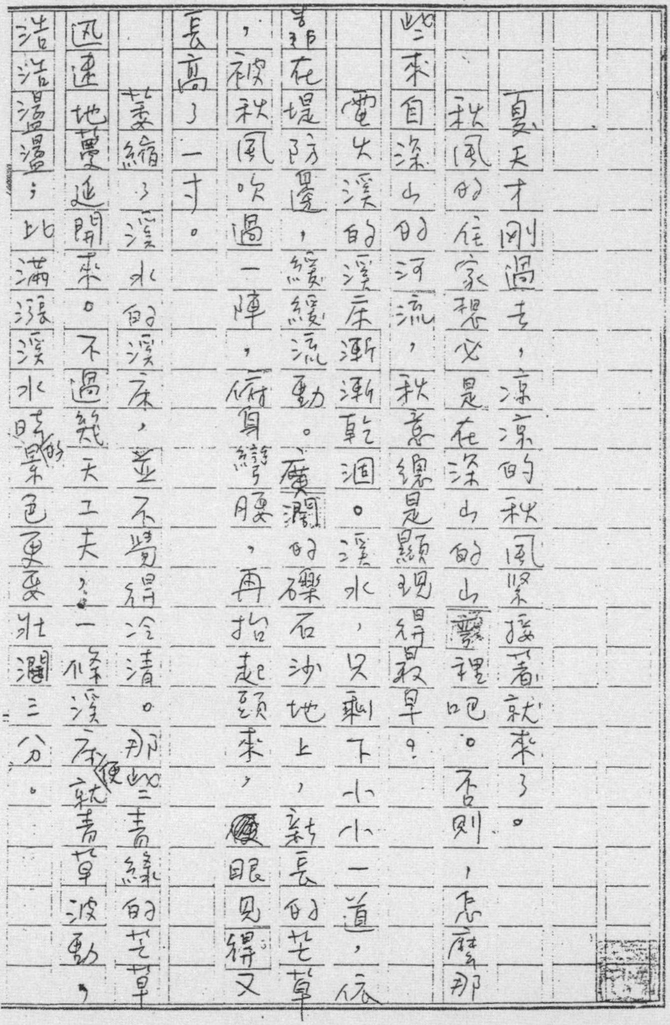
夏天才剛過去，涼涼的秋風緊接著就來了。
秋風的住家想必是在深山的山谷裡吧。否則，怎麼那
些來自深山的河流，秋意總是顯現得很早？
露出溪的溪床漸漸乾涸。溪水，只剩下小小一道，依
靠在堤防邊，緩緩流動。廣闊的礫石沙地上，新長的芒草
，被秋風吹過一陣，俯身彎腰，再抬起頭來，轉眼見得又
長高了一寸。
萎縮了溪水的溪床，並不覺得冷清。那些青綠的芒草
迅速地蔓延開來。不過幾天工夫，一條溪床便青草波動，
浩浩盪盪；比滿溪溪水時的景色更要壯闊三分。

這還不說，不知道哪個良辰吉日，有一株等不及的芒花開了。一剎時，所有芒草彷彿得到發令信號，在一夜間，便將整條溪床染白。芒花隨著秋風起伏，簡直就是波濤洶湧。兩道蜿蜒的堤防，一樣是驚濤拍岸，一波波的芒花不客氣地漫過，堤外的小路。

阿能和小彬扛著他們嶄新的遙控飛機，沿著小路小心翼翼地上堤防。毛絨絨的芒花沾了他們一頭一臉，癢癢地感覺拂不掉。又置身在一望無際的芒浪間，彷彿掉進大海，教人有些不知所措。

溪床的芒草叢裡，隱約有一條小路，被人踩過的芒草向

1 有點好笑的天鷹專用跑道

阿龍和小彬扛著他們嶄新的遙控飛機，沿著小路顛顛晃晃地爬上堤防。

毛茸茸的芒花沾了他們一頭一臉，癢癢的感覺拂不掉，又置身在一望無際的芒浪間，彷彿掉進大海，教人有些不知所措。

夏天才剛過去，涼涼的秋風緊接著就來了。

羅東溪的溪床漸漸乾涸，溪水只剩小小一道，依靠在堤防邊，緩緩流動。廣闊的礫石沙地上，新長的芒草被秋風吹過一陣，俯身彎腰，再抬起頭來，彷彿又長高了一寸。

萎縮了溪水的溪床，並不覺得冷清，那些青綠的芒草迅速蔓延開來，不過幾天工夫，一條溪床便青草波動，浩浩蕩蕩，比滿漲溪水的景色更要壯闊三分。

這還不說，不知道哪個良辰吉日，一株等不及的芒花開了，一霎時，所有芒草像得到發令信號，在一夜間，便將整條溪床染白。芒花隨著秋風起伏，簡直就是波濤洶湧！兩道蜿蜒的堤防，一樣是「驚濤拍岸」，一波波的芒花不客氣地漫過了堤外的小路。

「誰出的主意？把練習場設在這種地方。要是飛機掉進草叢，怎找得回來？」

「還不是陳站長，那個戴黑眼鏡的陳教練。」高過頭頂的芒草窸窣響，小彬在前開路，兩手揮舞，還得注意腳下的坑坑洞洞，「管它掉進草叢，反正不會是我們的『神勇號』！」

阿龍大笑，對著小彬叫道：「帶好路，別在芒草裡迷路了，這種地方多半有蛇，你好好帶路哇！」

飄飛的芒花像棉絮又像白霧，讓人睜不開眼，草梗摩搓的沙沙聲，越聽越覺得恐怖。

他們一腳高、一腳低，盤盤繞繞地走出芒草叢，來到一塊空曠沙地。猛不防被一陣巨大的呼嘯聲，嚇得後退兩步！一排三架的遙控飛機，夾帶滾滾風沙，從他們眼前低空掠過，「嗯——」螺旋槳的旋風打得芒草彎下腰。阿龍和小彬蹲看那三架飛機，它們像扇子似地忽然張開，竄向藍天，還沒回過神來，緊接著，他們又聽到遠處劈哩啪啦的掌聲，鼓得好起勁。

一群人站在沙石跑道的對岸，朝他們不停鼓掌，叫著：「歡迎！歡迎！」

歡迎什麼？

阿龍和小彬睜眼對看，這群人瞎起鬨些什麼？他們回頭看，再四處張望，這方向只有我們兩個人哪！

戴墨鏡的陳教練大步走過來，他穿著橘紅色的薄夾克，像個空軍飛行員，他說：「歡迎你們加入『天鷹俱樂部』。」又轉身，一揚手，指著一群傻乎乎笑開的人，高聲說：「都是『天鷹俱樂部』的弟兄，往後大家會在一起練習，慢慢再向你們一一介紹。」

有個穿紅衣的少年，咧著兩只虎牙，笑得最誇張：「你們上堤防時，大家就看見了，我們趕緊準備見面禮。等了好久，以為你們在芒草裡迷路了，正想去救你們呢！」

「見面禮？」

「就是它們！『征空號』、『林白號』和『自強號』，也是我們『天鷹俱樂部』最好的三架飛機，」紅衣少年比手畫腳，開心得不得了，「這也是我們俱樂部對新會員的歡迎儀式，你看它們飛得很棒吧！」

在半空中的三架飛機，又表演過一招「炸彈開花」，才朝著沙石跑道飛回來。那些窮起鬨的掌聲，可從頭到尾沒停過。

「哦？」阿龍聳肩，扮了一個鬼臉，緊挨著小彬。

小彬低聲說：「他們是在嚇我們，不過是這樣。這兩手有什麼了不起，他們沒看過真正的飛行技術是什麼樣子吧？」他拍掉沾了滿身的芒花，拍掉褲腳上的沙，搖頭晃腦，又是抖腳，又是踹地。

阿龍笑說：「還要把那些『弟兄』介紹給我們？省省吧！我們哪記得那麼多名字，多累呀！等我們把獎品帶走，就要說再見啦！拜拜啦！」

小彬聽得哈哈大笑。紅衣少年以為他們對這特技表演見面禮感到新鮮有趣，看他們開懷，又跟著咧嘴而笑。

「這條天鷹專用跑道，是我們會員帶了圓鍬、鋤頭，一鏟一鋤整理出來的。你們看，還不錯吧？」

在阿龍和小彬看來，這起降跑道只是稍稍有個樣子而已，什麼專用？高低不平的沙石兩旁，堆放大大小小的石頭，大概是從沙地搬過來，活像兩道提防；跑道的沙地，顯見是腳步踩踏的，沒踩實，沒踏平，粗得很。

「搬這麼多石頭累不累？」

「當然辛苦，但大家心裡很高興。『天鷹俱樂部』有自己的專用跑道練習，不是很好嗎？我們忙了半個月，手掌都起水泡了，到昨天才完工的。」

「我覺得公正國小的操場練習就很好了，跑道又平又寬。」說著，阿龍心想：好險！要是早一點來，還得做苦工哩！這些人實在沒事找事做，好好的操場放著不用，偏要自己開荒闢地，開這個什麼專用跑道，一定又是那陳站長的主意。

果然沒錯，紅衣少年正經地說：「我們陳教練嫌操場太小，而且也妨礙安寧，到溪床來開一條跑道，感覺很實在，也可以放心地練習。」

「操場還嫌小？」小彬問道。

「是啊！不小心，飛機會飛進教室去。」

「有人砸過嗎？」

「好幾架了，好慘哪！」

小彬一聽，眼睛大亮，心中暗暗歡喜。他碰碰阿龍，低聲說：「聽見了吧？這些人的技術有多差，連屋頂都避不了。砰！砸！我們有希望的。」他越說越高興，笑得肩膀也抖起來。

2 汗水結晶的神勇號

那天，阿龍和小彬在鎮公所前的公布欄看見一張海報，上面寫著：

「天鷹遙控飛機大賽」歡迎踴躍報名參加

時間：雙十節上午九時

地點：羅東溪天鷹專用跑道

資格：天鷹俱樂部會員，自備飛機。

獎勵：首獎——天鷹號一架、天鷹獎章一枚。

優秀飛行獎——天鷹獎章一枚。

兩人一看，雙腳都浮起來了。

仔細再看那首獎——天鷹號一架。沒錯，寫得清清楚楚、明明白白，首獎可獲得遙控飛機一架呀！

最普通的一架遙控飛機材料費，至少也要五六千元，阿龍和小彬夢想已久，就是湊不成這筆大數目。

平時，他們只能自備燃料，向班上的富翁胖子，說盡好話，擠出好臉色，還可憐兮兮發誓保證：「要是碰壞飛機，一定負責修理賠償。」才能趁胖子玩膩的休息時間，飛上十分鐘。

當飛機隨著自己的意思一飛沖天，在空中盤旋時，真是世上最最快樂的事。左傾、右斜、翻筋斗，嗯嗯響的飛機像一隻勇猛的巨鷹，雄霸藍天，卻又那麼聽自己的話，只要拇指一撥，叫它飛東，便飛東；叫它飛慢，它不敢飛快，還有什麼比這更奇妙的事呢？

阿龍和小彬實在喜歡極了遙控飛機，他們買書、向人請教，跑去遙控飛機專賣店，把各型各樣的飛機都拿來研究，兩人只要談起遙控飛機，可以忘了吃飯、睡覺，可以三天三夜說個沒完，可以聽不見誰的叫嚷聲。他們的遙控技術，在練習了十幾遍後，便遠遠超過飛機的主人——富翁胖子。

要是能有一架屬於自己的遙控飛機，該多好！再也不必受那胖子的窩囊氣，受他時而答應借飛機，忽然又不肯借的晦氣。「一機在手，希望無窮」，多好！

買齊材料，自己組合一架吧！

唉！有這麼容易？總有「意外」發生：不是又要郊遊，就是打破玻璃賠錢，最主要還是嘴饞，忍不住零食的誘惑。存款簿的數字，總是在十位數和百位數間徘徊不定，真慘！

「無論怎樣，這個比賽我們一定要參加。」

「沒錯！心連心，我也是這麼想。」

「明天我們就去報名，先加入天鷹俱樂部的會員。」

「不！我們現在就去。」阿龍嚴肅地說。

「等等，飛機呢？」

「什麼飛機？」

「你空手去參加呀？看清楚海報寫的：自備飛機。」

阿龍頭大了，「哦」一聲，想了想，直搔頭皮，忽然拍掌：「找胖子借，不就行了！」

「你想他肯不肯借我們？」

阿龍望著天空又「哦」一聲，說道：「不會。」霎時，烏雲密集，天昏地暗。

阿龍開罵道：「那個小氣胖子，每次借飛機，像要他的命，信不過我們，『你們已經保證了呵！損壞要賠對不對？』『只飛十分鐘，馬上交還我。』我的天哪！被他煩死。」

想到胖子戰戰兢兢把飛機擦拭得亮晶晶，笨手笨腳不敢起飛的模樣，阿龍不禁冒火。

「別罵他，罵也沒用，人家的飛機，得來不易，換了我們，恐怕比他還寶貝。」小彬坐在欄杆上像一尊石像，只有嘴巴動著：「還是想想其他辦法比較有用。」

「我有一個辦法。」

「……」

「我們自己組合一架。」

「還用你說，哪來的錢？我的零用錢存兩年也存不到。」

「我的存款簿還有兩百五十三塊，小彬你呢？」

「不會超過兩百塊。」

「我們回去跟爸媽商量，把今年的零用錢統統領出來。」

「你媽媽會答應嗎？」小彬雙手抱胸，說道：「我爸媽絕對不肯，他們會瞪我：『寅吃卯糧，像什麼話！』我不要討挨罵。」

「我還有一個辦法！暑假快到了，我們去送報。」

「那也不夠，要送到什麼時候？」

「一個月有幾千元，兩人合起來夠了。」

「我們合買一架？」小彬跳下欄杆，「嘿！這是好辦法。」

「到時候，我們把天鷹號贏回來，不就一人一架？」阿龍雙手插腰，擺得是冠軍架式，「這主意不錯吧！想起來就好過癮。」

阿龍和小彬當真在暑假當起送報童。

每天一早出門，踩著腳踏車，挨家挨戶去送報。他們跌過、摔過，被大狗、小狗追得滿街跑，這樣風裡來、雨裡去，卻從沒叫過一聲苦，偶在巷口相遇，還遠遠就叫著：「喂——『神勇號』來了。」

「神勇號」的每一顆螺絲釘，每一部位的零件，都是一點一點的送報費拼湊起來的。扛著「神勇號」，怎不叫他們小心翼翼？什麼叫「汗水的結晶」？就是那些亮晶晶的螺絲。

從送報的第一天起，奪標的期望便日日高漲，時時加溫，比夏天的溫度計上升得還厲害，他們心中的「天鷹號」也早已成形：「我們一定要把它贏回來，一定能贏回來。一人一架，雙機飛行，叫大家看得不敢眨眼皮。」這句話，阿龍和小彬何止說過一百遍了！

3 新來的高手就是不一樣

陳教練走在他們面前，手指跑道中側的一間木寮，他說：「那就是我們的航空站，也就是飛行員休息室兼控制臺。」

平頂的航空站，高度頂多只有兩公尺，四根粗細不等的漂流木當做柱子，其中一根特別長，超出乾芒草紮成的屋頂，柱端繫著一條水蛇般的風向袋，正搖頭擺尾地甩動著。

航空站裡竟然鋪了紅色的地毯，還有一長排沙發椅。他們走近一看，沙發椅七張，各有各的樣式，失靈的彈簧，有的凹了，有的又鼓得高高的，像隨時要蹦出皮面。那張紅色地毯，也老舊得像從舊雜貨店拿出來的；但卻和那排沙發一樣，擦拭得乾乾淨淨，教人上去還真不敢亂坐、亂走、亂動，危險嘛！

航空站前站了一群人，看到阿龍和小彬來了，又是一陣掌聲：「歡迎！歡迎！」

自我介紹時，阿龍和小彬只淡淡地、煩煩地說了一句：「我叫阿龍。」「我是小彬。」便懶得再多講，講那麼多幹麼？

陳教練一一將會員介紹給他們：文堂、永昌、建宏、健銘、益嘉、漢洲……介紹到「自強號」的主人林國強時，陳教練特別說：「阿強是我們的副教練，也是飛行年資最久的會員，你們二位，以後可以多向他請教。會員的名字一時記不住，沒關係，相處久了自然就記得清楚。」

阿龍心想：年資久、資格老就一定飛得好嗎？才怪！誰向誰請教還說不定，以後再說！

「還沒介紹你們的飛機呢！」紅衣少年說。

「神勇號。」

「神勇號？名字真好。你們以前飛過多久？」

「好一陣子了。」小彬搶著回答。

「好一陣子？飛機怎麼這麼新，好像剛買來的。」紅衣少年又問道：「你們兩個人怎麼才一架飛機？」

「這……」小彬覺得臉頰通紅，覺得耳根發燙發熱，覺得無聊的人真多。他心裡叫道：「這小子可惡！什麼意思，存心讓人出醜是吧？」他恨恨瞪了紅衣少年一眼。

「依照慣例，加入天鷹俱樂部的會員，都要宣誓入會，請你們到『天鷹公約』前站好。」陳教練揮手招呼他們。

「天鷹公約」寫在一塊舊木板上，工工整整地掛在木柱上。

一、服從教練指導並注意禮貌。

二、友愛會員，相互幫助。

三、不在跑道逗留，維護人機安全。

四、注意環境整潔，不損壞農作物。

五、發揚天鷹精神。

陳教練叫阿龍和小彬舉起右手，手指合併，面對公約，跟著他一句一句宣誓。

阿龍和小彬覺得好彆扭，又覺得好笑。

他們看到簡陋木寮充當的航空站、舊沙發、舊地毯和眼前這塊破木板，看見一切擺設這樣正經，每個人的神情也當真得不得了，真的很難不想到兒時扮家家酒的情形：竹片當注射針，茶杯當聽筒，穿著媽媽的炒菜圍兜當醫師袍，病人和醫生全跟真在醫院一樣。他們終於忍不住笑出聲來，而且是大笑三聲！

「陳站長」推墨鏡，卻說了：「入會的態度要嚴肅，請不要嘻笑。」

阿龍和小彬只好閉上眼睛，掀動嘴唇，跟著喃喃唸著：「一、服從教練指導並注意禮貌。」……」

「規矩真多，他以為我們是真來受訓的？」宣誓完畢，阿龍告訴小彬。話剛說完，陳教練盯著他們：「新進的會員，要向老會員敬禮。」

「為什麼？」

「這是規矩，是禮貌，也是天鷹精神的一部分，」陳教練嚴肅地說：「而且，新會員要幫老會員添燃料，發動螺旋槳……」

「為什麼？又沒寫清楚！」

大眼瞪小眼，阿龍和小彬覺得真莫名其妙，這是哪裡來的規矩，從來沒聽說過呀！欺負新會員是不？

退出！不要參加算了，我們是來拿獎品，又不是來服侍你們。阿龍雙手抱胸，挺住，小彬看出他的心意，趕緊對他點點頭又搖搖頭，意思好像說：「忍耐一下，不會太久的，要忍耐！」

陳教練的眼神被墨鏡鏡片遮擋，不知他生氣了沒？他突然一轉身，蹲下來，竟然開始扳弄「神勇號」。

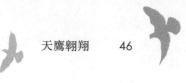

他的動作，簡直就是一位替病人做全身檢查的醫師、巫醫或是不知來路的密醫。他從頭看到腳，再從胸前看到背後，每一處都要捏捏戳戳，把「神勇號」翻來覆去，從螺旋槳到軸心，從油箱、電池到反應器、機翼，從機腹到尾翼，沒一處放過的。

他起先彎曲手指四處敲，後來竟然掄起大拳頭在機身捶打。阿龍和小彬心頭一陣緊，越來越重的聲響，每一記都落在心頭上，憋不住了，他們飛撲上去，叫道：「陳教練，請你不要太用力。」

陳教練轉向他們，推了推墨鏡，竟然還笑了，詭異地笑說：「你們知道愛惜飛機，很好。不過，飛行前的檢查，絕對必要，做得越詳細越好。要不，摔了飛機，更教人心疼。」

「我們不會摔飛機的！陳教練。」

「哦？很有自信。信心很重要，沒有信心，很多事做不成；但是，信心要建立在周詳的準備和良好的訓練上，要不，那會比缺乏自信更危險，請記住。」

「天鷹俱樂部」是嚴肅、愛訓話的陳教練所創辦。據說，他從小的志願就是當飛行員，因為視力欠佳，志願不能達成，所以只好來玩遙控飛機；還有人說，陳教練是個獨眼龍，成天戴著墨鏡，是怕人看見他的眼睛。

神祕的陳教練長得一派斯文，說話的速度很慢，卻句句響亮，好像透過麥克風傳出來似的。他說話的時候，會員都靜靜地圍在四周，就像聽將軍訓話的士兵一樣。

阿龍聽得難過，不禁又生氣，他拿了操縱器，站到一旁去；小彬跟過來，緊接著陳教練也跟了過來。

陳教練自作主張把「神勇號」的操縱器接到手上，左扳右扳，又說：「起飛前必須再校對操縱頻率，請記住。」還叫紅衣少年把「神勇號」扛到跑道中央。

「幹什麼？用不著你扛，我們自己來。」阿龍和小彬一把將「神勇號」扛起，不讓紅衣少年碰他們的「神勇號」。

「新會員有個『試飛典禮』，陳教練要知道你們飛機的性能。」

看見阿龍和小彬緊張的樣子，會員們都笑了。

「神勇號」被放置在跑道中央，副教練阿強拿來一支塑膠棒，朝螺旋槳打了一記，「神勇號」暈頭轉向地旋轉了幾圈，啪啪啪地又停下來。

阿強檢查後，說道：「沒加潤滑油，怎會這樣？」

紅衣少年跑去航空站，將一瓶潤滑油取來，幫忙點上。阿強再用力敲了一記，螺旋槳終於順利轉動了。

陳教練把操縱器交還給阿龍，「兩手捧好，大拇指朝內。」他扳著阿龍的手臂，「對！兩臂要夾緊，操縱器才會拿穩。」回頭，他又教小彬這麼那麼練習一次。

「陳教練，這些我們都知道了啦！我們又不是沒開過遙控飛機。這些，我們早就知道了啦！」

「參加天鷹俱樂部的會員，都要從基本動作學起。你們有基礎最好，學起來更容易，」陳教練非但沒生氣，又將「神勇號」接過去，扳開開動桿，繼續指導，完全當他們是兩名新手，不嫌囉嗦地指導：「讓飛機確實對準跑道中央線，再慢慢加馬力。看好，就像這個樣子，油門桿穩穩地向前抵。」

「神勇號」緩緩滑向跑道中央，停住。一起步，先慢後快，螺旋槳飛速轉動，起飛！

「機身拉高、拉高！不要緊張，心情保持平靜。等飛機穩定後，將機身拉平，然後再逐步做其他試驗……」

「我們不會緊張的，陳教練。」阿龍叫道，「你這麼叫，我們才緊張。」

會員們大笑起來。像個生手似地被圍觀，原本已夠難受，爆笑的聲音更像一陣陣火熱的風，搧得人渾身不對勁。阿龍的耳根一熱，雙頰赤紅，一把將陳教練手上的操縱器搶回來，向前跑去，跑得像個搶匪，像個落網又脫逃的小搶匪。

陳教練大吃一驚，會員們的笑聲也像被截斷線路的擴音器，悄然無聲。大家看到小彬竄出人群，跟在阿龍後面跑去。

「阿龍，露一手讓他們瞧瞧！他們太看不起人了。」

阿龍悶聲不響地跑，跑到遠處一塊簇擁著芒花的大石頭上。兩人一起跳上去，就像他們平時在操場練習時，站在司令臺上操縱一樣。

阿龍將「神勇號」拚命拉高，讓機頭直朝藍天爬升。右轉，最小半徑的盤旋兩圈。

他們突然將「神勇號」掉頭，往地面衝。「神勇號」急速旋轉，像一只脫繩的陀螺，轉速快得教人看不清機身。

眼看「神勇號」就要墜落在航空站的乾芒草屋頂，它又一轉身，平飛，掠過水蛇般招搖的風向袋，正對跑道中央線「嗯——」地滑過去了。

「啊——」全場一片驚嘆，尾隨在機身後。

「阿龍！讓我來，」小彬接過操縱器說：「看我的『草上飛』！」

小彬將高度控制桿再往下拉，讓原本已經低空平飛的「神勇號」彷彿要降落一般；但是速度卻越飛越快，像子彈發射出去。

「小心哪！」紅衣少年大叫起來。

小彬緊咬牙根，嘴角掛著微笑，拇指一動，他讓「神勇號」飛上堤防。

沒有人知道他的意思，只能一邊擔心，一邊卻也隱約知道，大概又有一招新花招要出現了。會員們張大眼睛，不敢隨便眨眼閃神，生怕錯過好戲似的。

「神勇號」飛上堤防後，速度仍然不減，機翼平伸，像一艘太空梭，浮游在草浪上勇往直前。

被螺旋槳打斷的芒花，嚓嚓作響，濺開來的草鋒高高揚起，「神勇號」所經之路，真是浪花四濺。

有幾個會員禁不住興奮，跑到阿龍和小彬身邊來，他們吱喳地說：「高級動作，又來了兩個高手！」

「神勇號」的「草上飛」一飛兩百公尺，直到快接近歪仔歪橋的橋墩，才轉身飛回來。

「再來一招，再來一招！」

耳邊讚美的話語不斷，阿龍和小彬聽了，終於相視一笑。他們憋忍的一肚子氣，總算出了些，心裡的確舒服多了。

「再來一招嘛！」

「注意油量！」陳教練在航空站那頭大吼一聲。

「我們知道啦！」小彬嘀咕：「這個陳站長實在夠掃興，是不是當教練的都要這麼囉嗦？」

「好了，以後再表演給你們看。」

「神勇號」放慢速度，風采翩翩地左右搖擺，降臨跑道。

「神勇號」的機輪接觸地面時，在跑道彈了一下，機身震得好高，在沙地跑道挖起了一個小坑，轉個彎，跳「曼波」似地直衝出跑道外。阿龍跑下來，去追捕它，「神勇號」卻像個在舞臺上接受了太多喝采的特技演員，一時得意忘形，在謝幕時，一失腳從舞臺上滾下來，「神勇號」一頭鑽進芒草叢，卡在兩塊大石頭間才停止前進。

所有「天鷹俱樂部」的會員替它捏一把冷汗，覺得這種降落有些可笑，不過對於剛才表演的「麻花捲」和「草上飛」這兩招，仍覺得很過癮，實在精采極了，熱烈的掌聲還是嘩嘩響起。

「你們玩遙控飛機有多久了？」

「是誰教你們的？」

「請問你們用什麼牌的燃料，可以飛得這麼久、這麼穩？」

「『神勇號』真的是你們自己拼裝的嗎？」

會員們像新聞記者一樣地問個不停，他們幫忙拾回「神勇號」，把螺旋槳上的碎草清理乾淨，撫摸著「神勇號」的機身，真是愛不釋手。

阿龍說：「飛機好不好是一回事，技術好才最重要。飛機再好、再貴，不會操縱，等於是中看不中用的玩具。我們班那個胖子就是這樣。你說他教我們？我們教他還差不多！」

從包圍的人群看過去，陳教練和阿強卻仍站在航空站外，雙手抱胸，搖頭。

什麼意思？阿龍告訴小彬：「我們過去請陳站長評評看，我們的技術可以得幾分，有沒有希望得獎？」

紅衣少年叫住阿龍：「小心呵！我參加『天鷹』快一個月，只聽陳教練糾正這、糾正那。有一次，『征空號』的文堂，飛了一招『電鑽頭』的新招，就被陳教練罵了半天，還說不服從規矩，就不是『天鷹』的人。」

「罵人？人家飛得好，他憑什麼罵人？是他自己飛不出那樣的花式吧！」

「不，聽說陳教練的技術是北臺灣最好的。」

「你看過他的表演了？」

「沒有。」

「沒見過，怎麼相信？光用嘴巴說，誰不會！你來這裡學到了什麼？」

「都在練習起飛和降落。」

「笑死人！」阿龍大笑起來，「起飛和降落也要學？我看他是怕人把『天鷹號』扛走吧！」

小彬也問道：「你來參加『天鷹』，不也想得到首獎嗎？再過幾天就要比賽了，這樣練下去，我看你沒希望。」

「我當然也想得到『天鷹號』。不過，我更想把基本動作學好。」

「什麼基本動作？只要飛得特別、飛得漂亮就行了。我看你中陳教練的毒太深，被他『洗腦』啦！」

紅衣少年說得沒錯。戴墨鏡的陳教練，果然沒一絲笑容，看阿龍和小彬走近，他劈口就說：「你們太冒險，初級動作還沒學好，就急著做花式，將來砸了飛機，不但你們失敗，也是『天鷹俱樂部』的恥辱。」

說得太嚴重了吧！阿龍心想，什麼恥辱、什麼失敗，他說到哪裡去了！

「完美的起飛和降落，才是遙控飛機的最高技術。起飛得不好，萬一傷了機身，別想在空中飛得好。在天空中表演再多的花招，要是不能平安降落，砸壞了飛機，一切也完了。起步和結束是一件事能不能成功的關鍵，一點也不能疏忽。在天空的各種花招，只要短時間就能學成，起飛和降落就不一樣、不簡單了，你們要多練習。」

陳教練推了推墨鏡，又說：「團體裡最講究紀律，橫衝直撞的人，絕不是『天鷹弟兄』，你們剛剛宣誓過，怎麼一轉身就忘了？今天的事，以後不准再發生。」

陳教練的話像一桶冰水灌在赤紅的鐵板上，阿龍和小彬覺得頭頂「嗤」地冒起一陣水蒸氣。他們也拉下臉，聳聳肩，不理睬他，撇頭往航空站走去。

「今天真倒楣，一來就被訓得這麼慘。我看那個人一定是嫉妒我們。我們的『麻花捲』和『草上飛』他做不出來，怕我們搶了他的光采，怕我們真的把『天鷹號』扛走，所以才要趕我們走。」

「走就走嘛！誰稀罕參加什麼『天鷹俱樂部』？名字多怪，好像什麼跳舞俱樂部。這個站長，什麼陳站長，快把我氣炸了！」

「我們是要來領獎的呀！怎麼可以輕易退出？別上他的當，我們要忍耐再忍耐。」

兩人坐回航空站旁的沙地上，擦拭著「神勇號」。

「廣告上說得天花亂墜，『天鷹號』在哪裡？長得什麼樣子？我們都還沒看到哩！不會故意哄人、騙人來聽他訓話的吧？」

「問那個穿紅衣服的。」

紅衣少年添加完燃料，扛著他的飛機正要上跑道練習，聽阿龍問起，他指著航空站內：「喏，裡面那架就是『天鷹號』。」

「沒看到。」

「大紗布蓋著的就是了。」

兩人走過去，把紗布掀開來，眼睛不覺睜得圓大！

一架銀亮機身的遙控飛機展現在眼前。

鋁合金的螺旋槳，玻璃纖維機身，機翼和尾翼上，畫了三條藍色斜線。機腹邊，三個漂亮的草書寫著「天鷹號」，高貴、亮眼又勇猛的流線型機身，真是漂亮極了！

「這個獎品真不錯呀！想不到『那個人』還真捨得。」

「我們一定要把它帶回家。」

「這還用說？等我們得到大賽首獎，當場宣布退出『天鷹俱樂部』，讓大家傻乎乎地看我們把『天鷹號』扛走，一定很有意思。」

「先別走得這麼快，我們應該讓『神勇號』和『天鷹號』來一個雙飛特技——飛高、飛低、左轉、右旋，讓大家仰得脖子發痠，心也酸酸，尤其是陳教練心都快碎了。」小彬仰起頭，雙手捧在胸前，拉一張酷酷的苦瓜臉，學得真傳神。

阿龍笑得滿臉通紅，問說：「會不會太殘忍？」

「他罵我們就不殘忍？」小彬說：「阿龍，我告訴你，現在最要緊的是把比賽規則問清楚，免得陳教練他們耍詐。」

「還是你想得周到，沒錯！比賽規則是他訂的，分數也由他打，這不公平。」

「我們要提出最嚴正的聲明，最大聲的抗議，不可以這樣。」

「走，現在就去問他。」

4 向勝利之路勇往直前

涼爽秋風一陣陣從羅東溪上游吹過來，白茫茫的草浪隨風起伏，景色壯闊，而聲響卻這樣輕柔。

騰駕在這片草浪上的是陳教練的喊叫：「可以啟動了，慢慢放，機頭對準中央線。加速，好，讓機頭抬起，對了，起飛！」

他的指揮口令穿過叢叢芒花，撞著山壁似的堤防再傳送回來，彷彿有人不厭其煩在遠處又跟著複誦了一遍，整條溪床因此全是他清晰明亮又恐怖的叫聲。

「準備減速。」

半空中，有一架飛機準備回來，「嗯——嗯——」的螺旋槳聲逐漸增大。陳教練站在一個神情更恐怖的操縱手後，按住他的雙肩指揮。

「不要緊張，減速，機身三十度，十五度，機頭抬起，一點點，一點點，方向抓穩，抓正。好，滑翔，降落，不要緊張！不要緊張！安全著陸。漂亮！」

「我看他比誰都緊張，把每個人都叫傻了，他真不覺得很好笑嗎？」

這時，紅衣少年朝著阿龍和小彬走過來，阿龍問他：「你還在這裡晃來晃去？我還以為你的飛機早就升空了。」

「還沒輪到我，陳教練要一個個指導。」紅衣少年把飛機抱在腋下，怯怯地說：「我的電池用完了，能不能把你們的借給我？明天全新的還你。」

阿龍看著小彬，小彬說：「哎呀！我們的也用光了。」

紅衣少年愁苦著一張臉走開後，阿龍輕聲說：「為什麼不借他？我們的電力還很充足，電池剛買的呀！」

「別傻了，借給他練習？讓他練好了來對付我們？」小彬說罷，又叫住那個紅衣少年：「你還要練習起飛和降落是吧？你也該好好的飛一次了。再這樣起飛、降落下去，這次的比賽你怎麼會有希望？」

「不會吧！基本動作練正確了，將來還是有機會的，我看過有人飛機摔得很慘很慘，甚至不能修理，只有報廢。」

「你真看得開！你是『志在參加，不求勝利』對不對？你會不會覺得你很偉大？」

小彬剛說完，半空傳來一陣怪異的螺旋槳聲，他們仰頭一看，「林白號」正要降落。它沿著跑道的邊緣，直衝而下，機頭狠狠地撞著地面！跑道揚起一片沙土。「林白號」的螺旋槳脫離了機身，箭一般地朝著他們急射過來，三人趕緊趴下來，螺旋槳的旋風掃過他們頭頂，「颼」一聲射進草叢去。只見那機身連滾帶爬，一個筋斗又一筋斗摔在石頭上，一動也不動。

「特技表演也不該這樣嚇人！」阿龍伏地挺身看了仔細。

「林白號」的主人看見大家衝向「林白號」出事現場，愣了半晌，才跟著拔腿飛奔而去。

正在天空飛翔的「征空號」和其他飛機紛紛要求降落。陳教練叫道：「所有會員離開跑道！離開跑道！」

抱起「林白號」的永昌，哭喪著臉，張口喘氣，只差眼淚沒掉下來。那些會員們圍過去安慰他：「還可以修理的，大家會幫你的忙。」

紅衣少年鑽進芒草叢找尋螺旋槳去了。

阿龍和小彬還是坐在石頭上，阿龍問道：「我們要不要跟進去幫忙找？」

「找什麼？找不到最好。」

「這不太好吧？大家都過來了，看著我們呢！」

忽然聽到紅衣少年一聲尖叫，聲音淒厲得像觸電。會員們飛奔，從阿龍和小彬身旁跑過，一陣旋風似地全跑進芒草叢去。

阿龍和小彬坐直，起身，跟著大家進去看個明白。這紅衣少年殺豬似地叫個什麼勁啊！

紅衣少年手抓螺旋槳，人掉落在一個水潭裡。水潭是採砂石挖土機留下來的，隱沒在芒草叢中，紅衣少年還叫著：「小心哪！有蛇！」

七八條龜殼花和臭青公奇形怪狀，止在水潭邊，蠕蠕爬行，每一條竟然都長達五六尺，牠們吐著紅刀叉似的蛇信，嘶嘶響，邊爬邊回頭。

大家怕極了，往後退。

跌落水潭的紅衣少年，緊抓著「林白號」的螺旋槳在水中沉沉浮浮，大口大口地喝著潭水。阿強順手拔了一把芒草梗，驅趕那群毒蛇，還一邊喊著：「趕快救建宏啊！」

陳教練來不及脫鞋，已經下水。會員們合力抓住陳教練一隻胳膊，陳教練傾斜身體，伸長手臂：「建宏，把手伸給我，伸給我。」

水潭裡盡是鬆軟的細沙，像噬人的流沙般攫住陳教練的雙腿往下拉。文堂遞上一把芒草梗給陳教練，再一伸手，紅衣少年抓住了。「抓緊，抓緊，不要緊張。」

會員們合力一拉，把紅衣少年和陳教練拉上了沙地。

「林白號」的螺旋槳仍在紅衣少年手中緊緊握著。大家都過來扶他，紅衣少年卻還叫著：「蛇呢？蛇呢？」

一群人擠在一起，還四處張望著。

「我撿到螺旋槳時，牠們忽然從草叢裡爬出來，我嚇了一大跳。才跑兩步，人就掉進水裡了。」

「林白號」的永昌緊緊摟住紅衣少年的肩膀，脫下自己的夾克為他披上。紅衣少年笑了，大家才跟著笑，陳教練只是不住地搖頭，沒說什麼。

阿龍和小彬不敢在人群後，怕那群蛇又回頭，他們擠在中間，跟著大家回到航空站。

趁著大家氣喘吁吁，開不了口的時候，小彬問道：「我們的比賽規則是怎麼訂的？」

陳教練一時沒有會過意來，竟問說：「什麼比賽規則？」

「天鷹遙控飛機大賽。」

「哦！」陳教練停了半晌，「一是起飛動作；二是高低空盤旋，急速升空，垂直旋轉下降，再加自行設計的困難飛行動作；最後一項的安全降落和起飛各占百分之三十。」

「自行設計的困難動作占多少分？」

「十分。」

「為什麼？」阿龍和小彬大吃一驚。

「我覺得那並非最重要，」陳教練慢吞吞地說，「我們舉辦比賽的目的，是要讓更多的遙控飛機愛好者，能夠藉比賽前的練習，學到正確的操縱法。」

不公平嘛！這是什麼比賽？

阿龍問：「誰來擔任比賽的裁判？」

「就是我。」

「應該多請幾個人比較好，比如說臺中或者高雄來的教練，他們的經驗一定更豐富。」

阿龍和小彬說話時，天鷹俱樂部的會員都默不作聲地看著他們。

阿龍和小彬察覺這些沉默裡的眼神怪怪的，覺得氣氛僵冷。阿龍只好說：「時間不早了，我們想回家，再見。」

「比賽前一天，我們會再來練習，再見。」小彬也說。

當他們扛起「神勇號」走了幾步，陳教練在背後問道：「你們只想著參加比賽獲勝嗎？」

阿龍聳肩，小彬也聳肩。他們走上堤防，小彬才說：「我們當然是為了比賽才來的，比賽不求勝利，又何必來參加？」

夕陽把堤防上的芒花染成一片金黃，晚風徐徐吹來，有些寒意。兩人回頭看望被遮掩在芒草叢裡的航空站，那架銀灰色的「天鷹號」彷彿清晰可見，閃著光芒的機身，讓人覺得渾身舒泰，溫暖極了。

堤防外，阡陌縱橫，已成熟的稻田，也一樣閃耀著溫暖的金黃色，一股甜甜的氣味，隨秋風吹拂過來，任誰都會想深深飽吸一胸懷。

在一片金黃的秋色中，讓人禁不住多看一眼的是：堤防外不遠處一棟被青綠竹圍環抱的農舍，深灰色的瓦頂上一柱煙囪，居然還有炊煙裊裊。

「什麼年代？什麼地方？還真有人用木柴燒飯？」阿龍似乎眼界大開，像回到老掉牙的故事書裡的描述，他驚叫道。

「那是怪老子，胖子的外公家。」小彬說。

「有這麼巧的事？」

「什麼這麼巧，人家在那裡住了七八十年了。有一次胖子帶我來過，他外公重聽，和他說話要用吼的。他脾氣又壞，一個人隱居在老屋裡，不喜歡別人去吵他。別看他年紀大，這附近的稻田全是他自己耕種的，會開耕耘機，還會下水捕魚呢！」

「真厲害！」阿龍說：「既然聽不清楚，怎麼還說怕人吵？」

「就是嘛！要不怎麼叫怪老子？」

「誰叫的？」

「胖子。」

「這樣叫自己的外公？他還想競選模範生，到處拉票呢！我們要不要去看看他？」

「別討挨罵了，回家洗頭、洗臉、洗手吧！今天被陳教練罵得還不夠慘嗎？」

5 延期比賽會讓人瞧不起

直到比賽前一天傍晚，阿龍和小彬才又回到羅東溪的專用跑道，他們回來觀察比賽場地，觀察對手們的狀況。

航空站內，早已排滿會員們的燃料瓶、充電器和一些奇奇怪怪的配件。航空站的邊角，赫然擺著兩架摔毀成破掃把似的飛機殘骸，「沒救了」似地沒人理會。

紅衣少年看見阿龍和小彬，趕緊跑過來打招呼，告訴他們：「剛才又摔了兩架飛機。這幾天真邪門，風向和風速一直不穩定，河床上空有一股亂流，飛機上去，就被它一巴掌打落下來，不知該怎麼辦？」

「技術好一點就沒問題，技術差當然不行。」小彬說道，又四處張望，竟然沒看到陳教練蹤影。「陳教練藏到哪裡去了？」

「就是因為陳教練這兩天到臺中，親自邀請他們遙控飛機俱樂部的教練來當裁判，所以我們老出事。他說今天要回來，只要他回來，一定會趕來航空站。」

「阿強不是副教練嗎？怎麼沒把大家教好？」阿龍大聲問。

羅東溪河床上，颳起陣陣旋風，芒草叢像被人扭住頭髮，成捲成捲地紮在一起。小小的龍捲風溜冰似地在沙地上滑動，四五架飛機停在跑道的起點，等候起飛練習。風向這樣不穩定，沒有人敢冒險升空；但賽期已定在明天，這是最後一次的練習機會呀！坐在跑道邊的幾個飛行員，心裡焦急卻也沒啥辦法，他們下巴頂著膝蓋，看著跑道發呆。

就這樣悶等了好些時候，風勢總算稍稍減弱。

藍色機翼的「征空號」率先起飛，它顫巍巍地滑上跑道，滑得很猶豫、很難看、很沒信心地拉起機頭，勉強騰空飛去。

其他飛機趕緊擺好架式，跟著要起飛。

「征空號」在空中平飛、盤旋、俯衝。它小轉幾圈後，不遠處那座歪仔歪橋下，忽然吹來一團風沙，風沙從橋墩下竄出，圍攏在一起，壯大起來。一團灰撲撲的沙影像個巨人似的，緩緩地大跨步，朝天鷹跑道走來，它無聲無息，卻看了讓人害怕。

紅衣少年的「紅飛俠」剛起飛，發現風沙巨人逼近，他扳動迴轉桿，緊急轉向，想要回頭，卻連「征空號」一起被它攫住，在空中停止不動。一會兒，隱沒在風沙裡，不見了！

大家嚇得叫不出聲音，好好的兩架飛機，怎麼一眨眼就不見？

風沙巨人又變成透明的隱形人，穿過跑道邊，人群只覺得風沙滾滾，逼得人閉上眼睛，縮成一團，等大家感覺它走遠了，「征空號」和「紅飛俠」已完完全全失去了蹤跡，連一絲苟延殘喘的螺旋槳聲也聽不見。羅東溪河床一片沉靜，晚霞像被雨水洗滌過的彩衣，更加豔麗地披掛在天空中，彷彿什麼事也沒有發生過。

「停止！停止練習！」

低沉而響亮的大嗓門從堤防上傳來。在不知所措的當頭，會員們看見陳教練回來了，他從堤防直奔而下，叫道：「兩架飛機掉進水潭，趕緊過來打撈！」

一夥人朝著陳教練手指的方向奔去，他們像看見將軍帶著趕來支援的士兵們；又像是重新振作精神的救難大隊，他們在一處大水潭裡發現了「征空號」和「紅飛俠」。

「征空號」的右邊機翼硬生生被折斷，漂浮在水面；「紅飛俠」的機頭撕裂成「開口笑」，半截機身，沉沒水中，張口的機頭，活像一隻大青蛙。

撈起飛機殘骸後，紅衣少年哭了。

阿龍和小彬看見笑口常開的紅衣少年傷心地哭，也覺得不忍，這個愛穿紅衣的人雖然天真一點；不過，也不是什麼壞人，也算個熱心的人。

「征空號」的主人和副教練阿強咬著嘴唇不敢說話，他們像兩個木頭人，立在陳教練身邊。

陳教練大發脾氣，叫吼道：「我說過，等我回來再練習，大家都不聽！這麼一點時間，也等不及？這麼不穩定的風向，也敢升空練習！」陳教練轉身問阿強：「這兩天的情況怎麼樣？你們都在幹什麼？」

身為副教練的阿強支支吾吾，摸著鼻頭，搔著頭皮，老半天才說：「飛機全毀的有兩架，現在放在航空站，重傷的有四架，再加『征空號』

和『紅飛俠』一共六架……」

沒讓阿強把話說完，陳教練轉身往航空站大步邁去，會員們跟隨著他，來到「天鷹公約」前，站住。

「兩位裁判已經接受我們的邀請了，還要帶他們俱樂部的三位高手來示範表演。可是，以我們這種再糟糕不過的狀況，明天的比賽怎麼舉行？大家說！」

「……」

「明天，不只是天鷹會員爭取榮譽的比賽；不只是天鷹俱樂部表現訓練成果的時候，也是我們給外賓一個好印象的時刻。我想，延期比賽，是不是對大家更好？今天晚上，我還來得及請兩位裁判延期一週再來。」

「陳教練，我的『征空號』一定在今天晚上澈底修好。我們還有『自強號』和阿龍他們的『神勇號』……」

「對！有他們出場，我們天鷹俱樂部不會漏氣的。」

「阿龍和小彬的技術很棒，『神勇號』的近況最好，他們的表演，一定會為大家爭取榮譽。」

「大家的意思是不願延期？」

「海報早已貼出去了，明天會有好多人來參觀，要是延期，大家會很失望，外地裁判也會覺得奇怪，還沒來就先看不起我們了。」

「我們天鷹這樣的陣容，能夠拿得出去嗎？」

「陳教練，你可以將『天鷹號』也開出來參加表演，這不就很堅強了嗎？我們沒見過你的技術，很想看一看呢！」小彬說。

「『天鷹號』是比賽獎品，怎能開出來？萬一摔壞了不好。」陳教練抬正他黑漆漆的墨鏡。

「沒關係，總比延期好。」小彬說：「教練也會摔飛機嗎？」

「天氣不好、遇上亂流或一點小小疏忽、特別是逞能，都可能造成意外。」

「我們很想看看陳教練的示範動作哩！」小彬緊問不放，非得陳教練答應不可，氣氛鬧得有些僵。他又說：「因為，我們以後恐怕沒機會再見識陳教練的表演。」

阿龍捏一把冷汗，暗暗頂了小彬一下，生怕他把退出天鷹俱樂部的計畫也說出來。

陳教練卻不多加理會，他高聲問所有會員：

「有把握參加明天比賽的會員，請舉手。」

零零落落舉起八隻手，想想，又放下的是紅衣少年，他說：「我沒把握『紅飛俠』能不能在今晚修好，我明天再決定好嗎？」

「好吧！既然這樣，我們的比賽如期舉行。參加的會員，在今天晚上做好一切準備，每一個零件都要詳細檢查、補充燃料、操縱器性能測試。大家的睡眠也要充足，祝各位成功！祝比賽成功！」

6 露一手讓大家開眼界

十月十日天氣晴。氣溫二十度。風力三級。

水蛇般的風向袋輕輕揚起，它長長的尾巴，輕掃著布置成遊行花車似的航空站，站頂的紅、綠、黃三色彩帶，在柔柔的風中抖動，歡樂而含有些微緊張的氣氛，便這樣播散開來。

原本寂靜的堤防小路，此刻是人潮擁擠，人聲嘈雜。早到的車輛擋住了晚來的人，性急的人便不停地按喇叭，有人索性把腳踏車也扛上堤防，彷彿要來參加自行車越野賽。

這是蘭陽平原第一次舉行的遙控飛機大賽，好奇的鎮民聽說還有三架特地邀請來的飛機將參加示範表演，興趣更加濃厚了，有人似乎全家總動員，趕來看熱鬧。

阿龍和小彬在八點過後才抵達會場。一路上，參觀的來賓對著「神勇號」指指點點，無不讚美它的機身漂亮。他們說長問短，把兩人逗得很快樂，卻也不禁有些緊張，尤其看到兩邊堤防上坐滿了參觀的民眾，心想這下非得好好表現不可，要把平常的水準要出來，千萬不能出錯才好。

天鷹跑道兩旁給草繩圍著，防止熱情的觀眾擠上跑道，妨礙比賽進行。阿龍和小彬走過人群時，覺得奇怪，這哪像是比賽，大家根本是來看表演的嘛！他們沒參加過這樣的大場面，心情一陣陣緊張，手心冒出一股股冷汗。

這時，航空站上新裝的喇叭播放出〈騎兵進行曲〉。雄壯而悠揚的樂聲一響起，四周的觀眾跟著齊聲鼓掌，像閱兵大典，也像運動會即將開始一樣。羅東溪河床，在這樣美好的氣氛中，全然換了個頭面，就連那些芒花看來也與平日大大不同。

在航空站前，紅衣少年蹦蹦跳跳地說道：「你們要加油哇！『神勇號』加油！」

天鷹會員們忙著為比賽場地做最後整理，每個人像辦喜事一樣，在胸前別上一張識別證。圓形的識別證鑲滾著紅、藍兩色的細邊，中間畫著一架銀灰色飛機，飛機上寫著「天鷹」兩字。大家看見阿龍和小彬來了，都咧嘴笑著，他們握拳舉手，有人還豎起大拇指說：「看你們的了，沒問題的。」

阿龍沒有想到在比賽前竟有這樣的氣氛，對手們竟然沒有敵視的意味，想不透呵！他們是拿什麼樣的心情來參加比賽？比賽中還相互鼓舞嗎？榮譽、競爭、勝利和失敗是放在什麼樣的位置？想不透，這些怪人！

「謝謝你，『紅飛俠』修好了嗎？今天能不能參加比賽？」阿龍問尾隨在後的紅衣少年。

紅衣少年無奈地搖頭，卻仍然面帶微笑，他說：「下一次吧！我今天是來服務，為大家加油的。」

小彬問他：「你今天沒有機會奪標，不覺得怪怪的？難道不傷心？」

「……當然有些失望。不過，我昨天想了一晚，不管誰獲得『天鷹號』，他都還是我們天鷹俱樂部的人，我還是能看到這麼漂亮的飛機在空中翱翔，說不定得獎的人，也願意借我開一開，一樣嘛！」

「你實在想得開，說真的。」

陳教練和阿強也走過來了，陳教練問道：「『神勇號』機身各部位，是不是詳細檢查過了？」

「是的。」

這時，臺中來的裁判已經進場了。

他們後面跟著三位選手，左肩扛著的飛機，同樣是迷彩的鯊魚圖案，機頭上畫著一排尖銳的牙齒，魚鰭畫成兩隻翅膀，急速飛行的翅膀。他們聽見全場響起的掌聲，一起揮手向觀眾答禮。同樣的飛機，同樣的制服，揮手的姿勢也同一動作，他們訓練有素的樣子，完全符合大明星出場的風采。

他們的行動謙遜有禮，但充滿自信，他們堅定的眼神，甚至還有一點目中無人的意味。天鷹俱樂部的會員，看得眼睛眨巴眨巴閃，只能讚嘆人家的風度真好。

至於那兩個小腹微凸的裁判，笑不露齒，也是紳士風度十足地向觀眾揮手，他們的下頦輕輕往內縮，偏向一邊，微微點頭示意。這樣的風度要是在盛大的晚會裡，倒是恰如其分，在河床上看來，便覺得加倍地與眾不同了。陳教練迎上前去和他們握手，說道：「辛苦你們了，歡迎光臨。」

「這次總共有幾架飛機參加比賽？」

「七架。」

「七十架？」

「不，一共七架飛機。」

「七架？這麼熱鬧的場面才七架飛機出場？」留著長鬢角的裁判吃驚不小，「我們最冷清的一次比賽，也有三十架。」

「恐怕不能相比。我們俱樂部剛成立不久，這裡的風氣也沒有展開，到現在只有二十位會員。」

「以你們剛成立的水準，急著比賽也不好，應該加強訓練才對。一般會員的技術如何？飛行時間多少？」

「參差不齊，有的兩年，有的不過十幾天而已，都在學習觀摩的階段。」

長鬢角的裁判笑了，說：「我想也是這樣，這也是一般新手的狀況，努力的空間還很大的。」

「小彬，他說什麼？」阿龍吃驚地問道。

「沒什麼，他看不起我們。」小彬抬起下巴，一字一句說得很清楚。

「好過分！給他顏色看！」

應邀來表演的三位選手，將他們的鯊魚飛機扛上跑道。

教練要求兩位遠道來的裁判說：「比賽前，是不是先請你們做一次示範動作，先表演一下？」

長鬢角的裁判看了看天空，半晌才說道：「好吧，不過時間不會太長。你們的比賽也請將時間控制好，我們要趕十點二十九分的火車回去，沒有太多時間停留。」

那三位穿制服的外地選手，雙手握拳，小跑步地上了跑道盡頭的中央線。他們的腳步配合著進行曲的節奏，雄赳赳、氣昂昂，在特定位置同時立定，擺出前一、後二的三角隊形，前面的人弓箭步蹲下，後兩側的選手捧著閃閃發光的操縱器直立，站立的姿勢比標兵還要挺拔好看。

全場觀眾看見他們整齊劃一的動作，響起最熱烈的掌聲。不等掌聲停歇，蹲在三角隊形前的選手，忽然發出宏亮的口令，叫道：「左線預備。右線預備。五、四、三、二。出發！」

三架鯊魚飛機齊聲怒吼，它們以相同的速度在跑道上滑行，速度越開越快，機尾噴出了迷濛的風沙，只見它們以同樣的角度抬起機頭，擺脫了地心引力，沖向藍天！它們的動作乾淨俐落，真是漂亮，漂亮得教人不敢眨一下眼皮。

「哇——哇——哇——」的讚嘆聲，隨著它們的凌空一飛，拉長了聲音。阿龍聽見有人說：「跟真人開的飛機一樣嘛。不得了，人家選手的技術不一樣就是不一樣。」另一個人說道：「我們的選手還沒表演呢！怎麼知道本地選手不如人家？」

「眼睛睜大，看看人家是怎麼飛的。」那人頂嘴，「這種真功夫的事，就憑嘴說？」

陳教練看見這樣的起飛動作，只說了一句：「完美！」而天鷹俱樂部的會員們，和全體觀眾一樣，他們伸長了脖子，仰著頭，像看見天兵天將駕臨一樣，也只能喊「帥」。

只見那三架鯊魚飛機各奔東西，竄入了雲間，消失無蹤，隱隱約約地聽見「嗯——嗯」響的螺旋槳聲，漸漸隱沒。聲音由大而小，又由小而大，等它們再出現時，三架飛機已排成一路縱隊，朝著航空站的方向飛回來了。

帶頭的飛機，在跑道上空做了一個側翻，緊隨的兩架也接連動作，俐落翻身；前一架表演了一招蛇行，後兩架也緊接著扭頭擺尾。全場觀眾看到這樣高級的動作，樂得鼓掌叫好，有人還吹口哨，又大叫：「跟雷虎特技飛行一樣嘛！」

兩位外地裁判雙手抱胸，抬起下巴，睨視張望和微笑。那個長鬢角的裁判搓著鬍鬚說：「他們有好幾天沒有升空了，這兩招算是熱身。這三位選手在我們會裡的排行榜，都在二十名外，算是中級技術而已，談不上什麼高級，不過，會看的人，還是能學到一些功夫，哈！」

聽了這話，阿龍和小彬再也忍不住了！

阿龍扛起「神勇號」，跑到陳教練面前，舉手敬禮說道：「報告陳教練，『神勇號』也要上去熱熱身。」

「怎麼啦？比賽就要開始了，」陳教練看著手錶說，「還有十分鐘，你們正好替『神勇號』做最後的檢查，讓人機保持最佳狀況。」

紅衣少年跑過來，也是這麼說：「比賽就要開始了，何必現在上去？」

天鷹俱樂部的會員們圍過來勸阻阿龍和小彬，「自強號」的阿強說：「你們有希望奪得『天鷹號』的，應該養精蓄銳，做最後的保養。」

也有會員說：「現在就露一手讓他們瞧瞧……」雖是很小的聲音，

阿龍可聽得清楚。

阿龍和小彬扛起「神勇號」大步走，他們甩脫了人群，跑上天鷹跑道，將「神勇號」擺正，對準白色的中央線。

天鷹會員都愣住了，他們後退，看陳教練，看阿強副教練，以為他們會發火去阻止；但陳教練只是綳著臉，於是，大家以慢動作轉身，看向天鷹跑道。

阿龍和小彬抬頭挺胸，半握拳，「一、二，一、二」的跑到一塊大石頭上站定。他們的動作整齊有力，看起來也是訓練有素的樣子，不明就裡的觀眾以為比賽就要開始了，給予熱烈掌聲。

阿龍手捧操縱器站在前面，小彬半蹲在後面發令。他們請紅衣少年去轉動螺旋槳。

「來，讓我們的貴賓瞧一瞧，做一個『火箭式』起飛！」小彬發令叫阿龍將馬力加大。「神勇號」停在沙地上不停抖動著，機尾噴出滾滾白煙，掀起一片灰塵。「神勇號」的螺旋槳瘋狂地轉動，那叫聲就像一頭被關在牢籠裡的猛獸在怒吼，讓人聽起來心生害怕，卻又熱血沸騰。

「好。出發，起飛！」

「拉高——」小彬喊得太用力，連聲音都走調了。

「神勇號」在跑道上滑行不到十公尺，隨即像火箭一樣升空，以接近垂直的角度竄向藍天，挾帶起一縷沙塵和白煙。

紅衣少年叫道：「阿龍瘋了。」

陳教練看了直搖頭，一直搖頭。

兩位外來的裁判和他們的選手，擺著同一姿勢，雙手抱胸。長鬚角的裁判說：「還沒看過這種起飛法哩！相當耗油也損傷機身，不過，這要相當技術和勇氣才能做得到。」

「神勇號」爬升到頂高，轉身回頭，以「麻花捲」的特技在跑道上空盤旋了三圈，抬頭仰望的全場觀眾，也跟著它轉了三次頭。大家看見它忽然翻身腹飛，仰泳一般地衝向堤防，堤防上的觀眾紛紛趴下來；一位坐在腳踏車上欣賞的少年，一緊張，連人帶車跌落在軟綿綿的芒草叢裡，忙不迭又爬起來，就站在草叢裡，睜眼看著。

「神勇號」來到堤防上，一個鷂子翻身，把機身翻過來，機頭對準長堤，平飛地穿掠過草鋒。

「『草上飛』來啦！」會員們大叫，他們興奮地擦掌搓手，又雙掌握拳。

果然，「神勇號」一路披荆斬棘地掃下去，螺旋槳的葉片「嚓嚓嚓」地打起白茫茫的芒花，讓它們浪花似地向兩邊飛濺開來。趴在堤防上的觀眾伏地挺身，待聲浪遠離，再抬起頭來時，只見「神勇號」已在目光極遠處了。他們摸摸發癢的臉頰，原來，斷碎的芒花早已沾了一頭一臉。

「神勇號」一飛三百公尺，在堤防上以正面飛行、仰面衝刺地露了好幾手，它離開長堤後，又在半空表演了一招「急速旋轉芭蕾舞」，看得天鷹會員們大叫：「讚啦！」

小彬的火氣真旺，他又發令：「阿龍，把『神勇號』對準歪仔歪橋，讓它從橋下飛過去！」

「沒問題，看我們的。」阿龍說道。兩人從石頭上跳下來，奔到跑道中央，換了個姿勢，像打靶的槍手，將操縱器瞄準歪仔歪橋的圓拱橋墩。

這時，陳教練跑過來說：「夠了！可以了！不要做無謂的冒險，比賽馬上就要開始了。」

「讓貴賓和裁判見識一下天鷹俱樂部的技術，他們瞧不起人！」

「小彬，我剛才沒有把燃料加滿。」

「真的？你怎麼不早說？怎麼沒說？」

高速衝向歪仔歪橋的「神勇號」，機身閃著熠熠銀光，平飛的姿態剛猛而優雅，在廣闊的河床上，美得教人禁不住盯著它看。

它速度卻緩慢下來，「嗯——嗯——」的螺旋槳聲變得軟弱，像一只被人洩了氣的空飄氣球，搖擺不定地往下墜落。

這變化來得太突然，沒有觀眾知道「神勇號」出了什麼事，只見它像一片飄零的落葉，搖擺地落去滿布卵石的東邊河床。

整條羅東溪河床一片安靜，只有陳教練叫道：「把『神勇號』拉高，拉高哇！讓它飛往堤防外。」

7 變音走調的騎兵進行曲

堤防外，便是胖子他外公的稻田。

收割完的稻田，散放著一束束乾稻梗，胖子的外公正忙著將它們集中一處，堆成稻草垺。

「神勇號」拉高後，做著無動力飛翔，飄向堤防外。「神勇號」要是能在收割完的稻田降落，還有一點希望，要不就真的完了！

長堤上的觀眾，你看我，我看你，有人還以為「神勇號」又要使出什麼新花招來呢！又問：「玩什麼把戲？」

阿龍咬緊牙關，小彬握緊雙手，停止呼吸。兩人的身子往上提，踮起腳尖，跟著「神勇號」拉高，拉高，再拉高，他們的身子傾向右邊，轉向，轉向，只想助「神勇號」一臂之力，要它慢一點墜落，慢一點，慢慢地。

長堤上有觀眾叫道：「掉下去了，掉下去了啦！」

當「神勇號」飛過胖子他外公的頭頂時，老先生並沒看見，只覺得一個黑影一掠而過，頭頂上涼涼的一陣風。再抬頭一看，看見一架飛機飛來他家，飄向後院的竹圍，要掉不掉地擱在竹頂上，在高聳的細竹尖頂，搖搖晃晃。

阿龍和小彬傻眼了，驚慌的眼神似乎都在告訴對方：「完了！『神勇號』完了！」

長鬢角的裁判這時說話了：「唉！光知道耍飛機，也不行，趕快去收拾吧！這架飛機叫什麼名字？」

「『神勇號。』」

「名字倒取得挺好，真神勇。」

阿龍和小彬拔腿狂奔，越過人群，爬上堤防。天鷹俱樂部的所有會員緊隨在後。紅衣少年叨叨說：「不會有事的，那麼好的一架飛機。」就像他的「紅飛俠」墜落時一樣地喃喃自語。

胖子的外公看這一群人像蜜蜂似地從堤防飛過來，吼道：「不准踩我的田。」

雖然，稻田已收割完畢，依老先生的脾氣，還是不允許有人作賤他心愛的田地。他雙手插腰，一聲怒喝，一夥人全跳上田埂，排成一隊，整整齊齊地跑動。心裡可真急呀！窄窄的田埂卻難以邁開步伐，阿龍和小彬更是急得滿頭大汗。

「阿公仔——我們是來找飛機的。」

也不知道胖子的外公有沒聽見，他搖頭，笑出聲來：「你們怎把飛機開到竹圍上去了？」又說：「講話不要這樣大聲，太吵了！」

換在平時，外地裁判和胖子他外公的這種話，阿龍忍得住，小彬也忍不住的，在這時刻，卻什麼都忍下來了。

青翠的刺竹叢細長而濃密，找不到一處可以擠身進去的地方，就算勉強擠進去了，誰又有輕功，爬到細竹上去？

怎麼辦？

搖動細竹讓它飛下來吧！怎麼辦？

比屋頂還高的細竹，少說也有三丈高，「神勇號」飛下來後，不砸得支離破碎，碎成一堆零組件？

風吹竹動，「神勇號」仍在細竹尖端搖搖晃晃，隨時都可能掉下來。

阿強告訴胖子的外公說：「老阿伯，請讓我們把稻草鋪開來，『神勇號』降落後，我們會再把稻草堆好。」

這時，胖子的外公似乎又聽不見了，撥著耳朵問：「什麼？你講什麼？」

紅衣少年趕快掏出紙筆，將阿強的話寫在紙上。

小彬跟著又補上一句，紙上歪歪扭扭地寫著：

「鋪稻草，接飛機。把魚網也借給我們，當安全網。」

胖子的外公說他看不清楚，等他回房裡去找老花眼鏡。真要命，「神勇號」隨時都要掉下來了，胖子的外公偏這樣不急不躁，維持他老人家該有的速度。啊！跳腳！

胖子的外公扶住老花眼鏡，看著紙條，看了三遍，終於說：「好吧！以後字要寫清楚一點。」

乾稻草鋪滿整個晒穀場，魚網取出來了，天鷹會員拉開魚網，像火災現場的救生員，準備接住高樓跳下來的人，他們將魚網緊緊拉住。

阿強擔任現場指揮，叮嚀大家：「不要把魚網拉得太撐，免得接到『神勇號』又讓它彈出去了。」他叫救生員們兩腿要靈活，看「神勇號」降落的方向，隨機應變。

胖子的外公將袖管和褲管統統摺起來，充當首席技術指導，他持著一枝細竹，一手插腰，高高地站在打穀機上。

阿龍伸手去搖動細竹。

他輕拍一下竹身，竹子一動也沒動。

「再用力一點。沒關係的，我們會接住。」

胖子的外公閒閒地說道：「把手舉高，拍高一點，只要用力兩下，就行了。」

阿龍和小彬回頭看這一群人，每個人都和自己一樣，行動和眼光都流露著「一定要把『神勇號』安全救下來」的期待和決心。阿龍不禁顫抖了一下，心頭是一陣酸，還有一陣澀澀的、甜甜的，很奇怪的滋味。想想自己，是怎麼對待大家？每次有夥伴出事，自己在哪裡？當時是什麼樣的心情？連「摔得越多越好」的話也說過吧？

阿龍和小彬照胖子他外公的指示，高舉雙手，合力在竹子上拍了兩下「啪！啪！」

「神勇號」脫離竹梢，飛下來，飛下來了。

「神勇號」並沒有倒栽蔥地降落，它在晒穀場上空，環繞了一圈，就像巡迴展出，牽著「救生網」的天鷹會員們，跟著它在晒穀場上奔跑，沒有人出聲。

胖子他外公從打穀機上跳下來，叫道：「接住哇！」

「神勇號」卻像筋疲力竭的戰士，沉重的眼皮蓋住了眼睛，分不清方向的，一頭撞向打穀機。

一聲沉悶的「砰」，螺旋槳飛離機頭，機身三翻兩滾彈跳得好高，摔在堅硬的晒穀場上，連那擺動的尾翼也飛散開來。

急跑氣喘的救生員們都愣住了。

晒穀場上只剩下竹濤的沙沙聲。

阿龍和小彬說不出話來。還說什麼呢？完了！心頭一陣緊縮，握在拳頭中的指甲，深深地嵌進掌心，卻也不覺得疼痛。

「笑話鬧大了，這場比賽也完了！」浮盪的腦海裡，只閃現著這兩句話。

陳教練的影子浮現在眼前，無言無語。他墨鏡裡的眼睛，不知道做何表示？

堤防上的觀眾看見「神勇號」支離破碎地被扛回來，他們說：「怎麼摔得連頭都不見了呢？」

「什麼時候不出事，偏偏選在比賽開始前？可惜了一架好飛機，它剛才飛得多好哇！」

〈騎兵進行曲〉雄壯嘹亮的音樂，仍從航空站傳出來，沒錯，低沉的鼓聲正是阿龍和小彬的心跳，一聲聲咚咚敲著。他們行走的步伐該配合鼓點，雙腳卻總不聽使喚，忽快忽慢，無力地抬起、放下。

來到陳教練面前，阿龍低聲說道：「我們讓『天鷹俱樂部』丟臉，我們不該這樣做……」

不知陳教練墨鏡內的眼神，有什麼表示？說話呀！罵人哪！陳教練卻直立著，無言無語。他拍著阿龍的肩膀，阿龍的眼淚滴落下來，流過嘴角，鹹鹹的、苦苦的。阿龍咬緊牙關，眼睛定定地看著沙地，順著沙地上的每顆石子，看向天鷹跑道那條白色的中央線，漸漸迷濛。

8 天鷹俱樂部的水準實在是

紅衣少年把阿龍和小彬叫到一旁，他說：「沒事，『神勇號』還有救，配上新的零件，『神勇號』還可以飛上天！」他檢查「神勇號」的傷勢，發現機身還完整，「把『紅飛俠』的螺旋槳和尾翼裝在『神勇號』身上，『神勇號』還可以參加比賽。等我，我回去把它們帶來。」

「你真的願意？」

「開玩笑！當然真的。」

「謝謝你，紅飛俠。」

「誰教我們都是天鷹會員，應該的。」

「謝謝你。」

「別提了，等等我，我就來！」

參加天鷹遙控飛機大賽的選手，只剩六位，六架飛機。陳教練請求兩位外地裁判：「能不能再等一下，等『神勇號』裝修好，再開始比賽？」

長鬢角的裁判一直看手錶：「時間不早了，我們要趕十點二十九分的火車回去，等他們修好，誰知要到什麼時候？」

阿強也說：「大家幫忙，很快就會修好。」

「這難說，就算修好，也未必能飛得上天，它總得測試，看看情況。為了他們一架飛機，耽誤大家的時間，觀眾會不耐煩，再說，他們剛才不已經表演過了嗎？」長鬢角的裁判拍著微凸的小腹，哈哈大笑：「這樣好了，既然陳教練這麼說，就讓『神勇號』排在最後一架出場，不必參加抽籤。要是前六架都飛完了，他們還不能修好，就算取消比賽資格，這樣公道吧？」

抽籤後，「征空號」排在第一號出場，「自強號」排在第六號。

文堂戰戰兢兢把「征空號」扛上跑道。

「征空號」修補過的機翼，「手術」過的疤痕凹凸不平，銜接處的油漆未乾，看來好像繃緊的皮膚，閃著亮光，隨時會脫線撕裂，看了叫人渾身不自在。

文堂磨磨蹭蹭，把「征空號」東擺西擺，擺了好幾回，總覺得不太放心。他在沙地踩了又踩，竟然又量起腳步，好像跳高選手起跳前，沉思不語，動作一大堆，偏偏就沒有騰空一跳的意思。

長鬚角的裁判看著，不耐煩起來：「這位選手，請把握時間，不要光踩地，小心把沙地踩塌了。還有二十分鐘，我們就要走了。」

觀眾都以為第一個出場的「征空號」，臨陣怯場，遲遲不敢起飛；天鷹會員也都以為「征空號」大傷初癒，有些膽怯。

當文堂看著阿龍和小彬，當他又遠望長堤，似乎在找尋什麼，阿龍忽然明白：文堂是在等紅衣少年回來！等他把零件裝在受傷的「神勇號」上，他在拖延時間，文堂是在給「神勇號」參加比賽的機會！

阿龍像觸電一樣，渾身起了雞皮疙瘩，不是害怕，是打從內心的激動，制止不住的。

啊！這些天鷹弟兄，是什麼樣的想法，在你爭我奪的比賽中，怎還讓對手有獲勝的機會呢？他們怎不像自己所想：參加比賽的飛機越少越好，獲勝的機會越大。是英雄惜英雄的心情吧？為什麼自己從來沒有這種想法呢？

一連串的問號像一記記鐘響敲著，在腦海中來回震盪，慚愧與感激在震盪裡緩緩升上來。阿龍抓起一把細沙，在手中揉搓著，揉得細沙火熱，彷彿可以化成石灰，從指縫間飄下。

「征空號」起飛了。

它才起飛就歪斜著一邊翅膀，有點像大病初癒的人，歪斜著身子頂風前進，費力地，不由自主地發出呻吟。

「征空號」小作盤旋，急速升空的動作，無法自在舒展，就連垂直旋轉下降，也像靜止前的陀螺，有氣無力。它的藍色機翼抖動著，讓人擔心它隨時會折裂墜落。

拿著評分表的裁判說：「這種飛機哪裡有資格參加比賽？太勉強了啦！」

自行設計的困難動作一項，「征空號」怎麼也無法使出來。它在天空盤繞著，看它根本在蘑菇，浪費時間，裁判招手說：「好了，可以下來了。」

第二位出場的天鷹弟兄，看見「征空號」失常的表現，竟然也跟著緊張。上場時，跑道迎面吹來一陣風沙，他瞇著眼睛，一腳不穩，險些跌倒，手上的操縱器被拋上半空，他兩手亂抓，驚慌大叫，操縱器總算在落地前，被他一手拾住。他臉色青白，喘息不定地張嘴呼吸。

一場虛驚，引得全場大笑。

陳教練說：「別緊張，別緊張，慢慢來。」

長鬢角的裁判也笑了：「真逗！他怎麼回事，不是故意安排好的吧？」

這時，紅衣少年跑來了，他跑得汗流浹背，氣喘吁吁；從「紅飛俠」機身拆下來的螺旋槳和尾翼，已經拿來。

紅衣少年仰頭一看，看比賽還在進行，他急忙叫阿龍和小彬把「神勇號」的機身扶正，要為「神勇號」裝上螺旋槳。

「紅飛俠」和「神勇號」的螺旋槳榫孔不合，硬擠硬塞總是套不進去，急得紅衣少年大汗小汗滴得「神勇號」像被雨水淋過。

編號第三號的飛機，這時也已經起飛。「嗯——嗯——」地在跑道上空做動作。

紅衣少年告訴阿龍：「走！跟我到航空站找銼刀。」

小彬嘆氣，說：「來不及了，等我們弄好，比賽已經結束。」

「總要試試，不到最後關頭，絕不放棄！」阿龍告訴他。

阿龍和紅衣少年奔回航空站，兩人在修理箱中翻找，小小的修理箱被四隻手翻遍了，就是沒發現銼刀。紅衣少年索性把修理箱翻過來，將工具傾倒在紅地毯上：老虎鉗、螺絲起子、膠布、膠水、尖嘴鉗……獨獨缺了銼刀。

「不會呀！前幾天我還用過，明明放進箱裡的。」

再把修理箱翻正，銼刀赫然塞在木箱邊角的夾縫！紅衣少年將它抽出，拔腿又跑。

第三號的飛機在天空飛翔時，觀眾靜靜地看著，沒有掌聲也沒有議論，就像看著一部既不緊張刺激也不感人的電影，情節太平淡了，說不上是好還是壞，只能悶悶看著。

一聲集體的嘆息，從溪床四周響起。阿龍站起來一看，三號飛機像個醉漢，顛東倒西地回到跑道滑行，一傾身，滑出了跑道，衝向草繩外的人群。人群推擠閃躲，一起高高跳起來，讓這三號飛機從腳下衝過，一頭滑進芒草叢去。

外地裁判用力地在評分表上畫個大叉叉，搖頭，說：「本來還有七十分，來這麼一招，完全不合格。」

陳教練說：「今天的風向不太穩定，風速也稍微大了一點，他本來練習得還不錯。」

「是嗎？有一次我們去新竹表演，風力至少比現在大一倍，風向更談不上穩不穩定，照樣飛得好。風向、風速都在飛行的考慮之內，你應該多教教他們如何去控制，」裁判說：「我看這樣好了，為了節省時間，第四號和第五號飛機一起出場。」

小彬為「神勇號」換裝尾翼，阿龍和紅衣少年扶正機身，握緊銼刀琢磨榫孔。他們不敢太用力，怕把榫孔琢得太寬，套上去後鎖不緊；力量放輕了，卻比了又比，總是套不上去。急，急哪，額頭的汗水滴答落，落在手掌中，一片溼漉漉，連銼刀也抓不緊了。

小彬的手腳俐落，不久便把尾翼換裝妥當。

這時，第四號和第五號飛機也已草草收場。「自強號」在兩位外地裁判的催促下，已經扛上了天鷹跑道。

「看看這架壓軸的飛機表現如何，一般來說，應該表現得比較好才對。」

「這位選手是我們的副教練，平日表現不錯。」

「看了就知道，就算正教練也有失算的時候。」

「自強號」起飛的動作非常完美，它滑行穩定，加速均勻，機頭仰起，凌空的弧線十分優美。飛上天後「自強號」稍稍減速，做著高低空盤旋和垂直旋轉降落。照規定，垂直旋轉降落要以高速進行，「自強號」卻反常地以慢速旋轉，好像初學芭蕾舞的選手不敢放膽一轉，只這麼在舞臺上轉一下、轉兩下，不只視覺效果欠佳，觀眾看得不過癮，更覺得它身手太生疏，出場嫌早，該去多練練再來。

垂直旋轉降落後，阿強沒讓「自強號」表演特殊的花式動作。它在空中一次又一次的兜圈子，螺旋槳「嗯——嗯——」地響著，微弱的聲音，聽來有些心虛，說是膽怯，也有人相信。

蹲在地上的阿龍和小彬擻頭一看，看「自強號」在空中「耗油」，盤旋了又盤旋。他們心裡明白，阿強也在拖延時間！他也在等候「神勇號」，等「神勇號」出場，他們都明白阿強的意思。

「嘿——嘿，這不是練習，這是比賽，玩什麼飛機嘛！花式動作使不出來？可以下來了，可以下來了。」裁判可真乾脆，在評分表上隨即評了分數，他說：「今天的比賽就到此結束，不客氣地說，你們應該多去外地觀摩，看看別人的水準，多加練習，不要大老遠讓我們跑來，光看你們兜圈子。」

一位天鷹會員跑過來，說道：「『神勇號』快修好了，請你們再等五分鐘。」

「五分鐘？三分鐘也不行啊！火車能等我們嗎？」

陳教練緊抿嘴脣，墨鏡下的臉色青白，他聽了外地裁判的意見，終於說：「那麼，今天的名次，請兩位評定。」

「第一名從缺。」裁判說：「我不客氣地講，貴俱樂部的水準實在是，很有待加強。『天鷹號』別急著送出去，可以留待下一次再當獎品。下次不行，再下一次也可以。」說著，叫喚他們帶來的三位選手，轉身就離開天鷹跑道了。

9 師徒聯手上陣找信心

這時，堤防上有位觀眾說：「都看到了吧？不是我對本地人洩氣，我們實在差人家一大截。剛才那一架飛得比較好的，偏偏來個摔飛機。本地薑不辣，我說得沒錯吧？」

沒有觀眾再和他頂嘴，那些坐著的人起身；站著的人忙著去找車子；上車的人懶懶地準備回家。講評的那位觀眾看無人回應，更加氣壯，又說：「晒了大半天太陽，熱是不熱，不過總覺得不值得，跑去釣魚還強些。幸好，還看了一場賽前表演，要不就白跑一趟了。」

渾身是汗的紅衣少年和阿龍，終於把「紅飛俠」的螺旋槳密合地套在「神勇號」上，拴緊，試轉了一下，螺旋槳順利轉動，流暢而平順。

「陳教練！陳教練！『神勇號』修好了。」紅衣少年跑到前面，阿龍和小彬扛著「神勇號」緊隨在後，他們直直衝過來。

陳教練雙手抱胸，站在航空站前。所有天鷹會員全都坐在航空站的紅地毯上，好像一群靜坐抗議的人，坐得挺直，卻垮著臉，擠縮著眉頭，神情沉重地難看極了。

「比賽已經結束。」陳教練說。

「我們知道。」

「裁判和觀眾都要走了。」

「我們知道！」

「『神勇號』修好了又怎樣？」

「我們還是要讓『神勇號』再飛一次，拜託你，請讓我們再飛一次，讓來賓看一看，天鷹俱樂部的飛機不是紙摺的；天鷹俱樂部的飛機可以飛得讓大家不覺得白來；可以飛得讓他們仰得脖子痠，看得不敢眨眼，看得停止呼吸……」阿龍的聲音顫抖，叫喊著！他說：「我們的飛行技術不是那種『實在是』！」

小彬和紅衣少年摟著阿龍的肩膀，也激動發抖。

坐在紅地毯上的天鷹會員全站起來，走出航空站，包圍著他們三人。大家緩緩挺起胸膛，熱血在奔騰，創傷的心逐漸在縫合；被侮辱的心跳得急促，把熱血送往全身每一條筋絡，臉頰和耳根於是轉為赤紅，比一尾煮熟的紅蝦還紅。

阿強站出來，告訴阿龍：「讓『自強號』和『神勇號』聯合飛行一次。」

「好！」

「我們好好表演一次。」

「好！」

紅衣少年告訴陳教練：「請你把『天鷹號』也開出來好嗎？」

陳教練仍然雙手抱胸，要不是胸部急速起伏，真像一尊銅像，一尊看來自有尊嚴，但沒人理睬的銅像。

「讓『天鷹號』、『神勇號』和『自強號』編隊飛行一次，讓我們自己看一看，讓他們看一看，讓大家都看一看，好嗎？」

「對！我們做一次最漂亮的編隊飛行，要不然，我們真的被看扁了。」

天鷹會員你一句、我一句地催促陳教練。

「天鷹俱樂部不是他們想的那麼漏氣。」

「陳教練，請你把『天鷹號』開出來。」阿龍說，「它不是獎品，它是我們天鷹的飛機。」

陳教練雙眉緊縮，看著逐漸散去的人群，考慮了彷彿一個世紀那麼長的時間，終於迸裂出一句：「好！」

天鷹會員歡呼大叫，他們舉臂握拳，跳著叫著，沙石跑道被掀起塵土，又被踩平，耳尖的觀眾回頭來看著：「瞎鬧些什麼？」

紅衣少年招呼大家將「天鷹號」抬下來，請大家再把天鷹跑道的中央線撒上石灰，讓它更醒目、更清楚，就像一條嶄新的跑道。

他又跑去航空站，將停止的〈騎兵進行曲〉再度播放，音量放大。所有準備工作都重頭來上一遍，大家忘了賽會已經結束，人群已逐漸散去，他們以全新的心情，迎接「加演一場」的飛行。

正要離去的觀眾聽見〈騎兵進行曲〉的音樂，他們回頭觀望，看見天鷹跑道忙成一團，猜不準這批漏氣的天鷹會員又要玩什麼，於是停下來，暫時不走。

陳教練脫下夾克，挽起袖子，他蹲下來調整「天鷹號」的遙控頻率。阿龍、小彬和阿強在為「神勇號」和「自強號」做各部位最後檢修，「神勇號」試著發動了一下，螺旋槳虎虎生風，所有部位反應良好，全新的飛機也不過如此。

跑道上，陳教練指示將飛機排成三角隊形，「天鷹號」在前，「神勇號」和「自強號」在左後方和右後方。陳教練叫阿龍、小彬和阿強靠過來，商討升空後的飛行動作，就像球賽開始前，教練和球員圍成圈圈，頭碰頭地討論戰術一樣。

陳教練在沙地畫圖解說：「我們排成三角隊形滑行，起飛時，速度要相互配合，不要緊張，不必慌，機頭先以十五度抬起，等我的口令，再換為三十度。」陳教練的語氣平穩，完全不帶感情，「五秒後，我發令散開。這時，『天鷹號』會減速飛行，你們以左右側翻兩次筋斗，再和『天鷹號』會合。我等你們一到，三架飛機同時再翻一次。」

「啊！一定很好看。」小彬說道。

「別太興奮，請聽清楚：三架平行飛翔五秒，『神勇號』拉高，『自強號』降低。我喊交叉，便開始交叉飛行，連續三次。這時候，大概快接近歪仔歪橋了，你們要小心，以左右小半徑急速回頭，飛回跑道上空，『天鷹號』將連續滾翻，試著趕回來和你們一起降落。」

小彬說：「陳教練，我們為什麼不穿過歪仔歪橋再回頭呢？」

阿龍和阿強也點頭，阿龍說：「這招一定教大家看得傻眼，覺得沒有白來。」

陳教練問道：「這飛行動作我做過，有相當難度，你們有把握穿過去嗎？」

阿龍和小彬大吃一驚！問道：「陳教練，你真的早做過了？」

他們兩人把穿過橋孔的動作，定為遙控飛機的最高級技術，因為，誰都知道，橋墩間的氣流最不穩定，只有準確而穩定地飛行，加上無比勇氣，才能勉強穿過。真沒想到陳教練早已練習成功了。

阿強說：「陳教練還在橋上橋下倒轉了三圈哪！他在兩年前就試過了。」

「真的？」

「你們有把握嗎？」

「有！」明知道這樣的回答，大半是勇氣和不服輸的倔強，阿龍和小彬居然也齊聲回答。

陳教練遲疑片刻，說道：「好！集中注意力，不必緊張，不要慌，讓『天鷹號』先穿過，你們再從兩邊橋墩間跟進。把油量、電池和頻率再檢查一遍。記住，聽口令行動。」

小彬、阿龍和阿強舉手敬禮：「報告教練，知道了。」他們一轉身，大跨步走上跑道中央。

風停了，雲散了，碧綠的天空乾淨清爽。天鷹遙控飛機大賽歡樂的氣氛裡，有些微的緊張，但更多的是期待。緊張是因為從來不曾排練過，這樣的決定不免荒唐；所謂默契，將依靠意志的集中和臨場的反應，一點點的差錯都不允許再發生，否則，天鷹俱樂部將要砸了。而期待，是一次亮麗的表現，是充滿希望的喜悅，這喜悅的強度，卻也潛藏著相對的焦慮呀！

10 請讓我們重新宣誓入會

四人直挺挺站定後，陳教練居中喊道：「五、四、三、二，出發！」

三架飛機同時發動，先慢後快地同時出發，熠熠生光地前進。

「起飛！」

「天鷹號」、「自強號」和「神勇號」照原定計畫排成三角隊形，起飛五秒鐘後，「自強號」和「神勇號」各以左右側翻了兩次筋斗，再和「天鷹號」會合。

已經下到堤防小路的觀眾，跨上車子後，聽見背後有人驚叫，又爬上長堤觀看。

三架飛機平穩前行，交叉再交叉。

陳教練一個口令，三架飛機一個動作，完美的配合，讓人以為他們排演一百次、一千次一樣。哪個天鷹會員看了不抬頭挺胸？觀眾「喔——哇——」的讚賞實在也不算太奇怪。

正在離去的裁判和那三位三胞胎似的選手，在堤防上也回過身來，看著。

當「天鷹號」、「自強號」和「神勇號」直飛歪仔歪橋時，他們的身子半蹲，伸長脖子，看著。「天鷹號」銀色的機身首先穿過中央橋孔，「自強號」和「神勇號」緊接著以同一時間也穿過左右橋孔。

「是誰開的？」外地裁判的問話，被河床上下的掌聲和「再來一次」的喝采掩蓋。他們點頭說道：「這是高級動作，我們也做不來呀！」他們禁不住鼓掌叫好，對著河床上的陳教練喊道：「明年夏天，來參加我們的表演賽吧！」

這時候，陳教練怎麼聽得見呢？他繼續發令：「準備降落。減速，慢——慢——慢——操縱器拿穩，機翼保持平衡。」

阿龍感到手心溼滑，全身的肌肉繃緊，呼吸已經慢得不能再慢，而心跳卻如鼓擊打。

這樣的心情是從來不曾有過的。多少次的飛行裡，從來沒有這樣全神貫注，虔誠的盼望「神勇號」完美降落，平順地回到跑道來。「神勇號！神勇號！拜託你，好好回來，好好降落，」阿龍在心裡叫喊著：

「我們等你平安回來。」

「著地！」

三架飛機在同一時間著地，滑行。「天鷹號」對正白色的中央線，「自強號」和「神勇號」在左右兩側，它們平穩的、筆直的，由快漸慢，成排地滑行……

「完美降落！」

飛機才剛停妥，陳教練、阿強、阿龍和小彬相視而笑，吐出一口氣，一口氣還來不及深吸，猛不防已被蜂擁過來的天鷹會員高高抬起，七手八腳將他們舉高，拋向藍天。四個人被拋得高高的，驚慌地落下，被接住，又朝天空拋上去！

外地裁判在堤防上叫著：「明年夏天，請來參加我們的表演賽吧！請你們一定要來！」

陳教練還是沒聽見，他喘著氣，驚魂未定。

紅衣少年聽見了，告訴大家：「他們邀請天鷹俱樂部去參加表演賽。」

「真的？裁判說了？」

「太現實了吧！一下子看不起人，一下子又來邀請。」

就在這時，陳教練緩緩摘下了他的墨鏡。

天鷹會員們睜眼看著。

陳教練的眼珠是黑白分明，清亮而有神，他環視著每個人，那樣堅定而充滿著熱情的眼神，眼眶滿是晶瑩的淚水。

啊！誰說陳教練是獨眼龍？誰說的？

陳教練的嘴角，綻出一朵難得的微笑，他說：「不怪別人現實，應該要求自己努力上進，只有最好的訓練，最好的演出，才會搏得別人的尊敬，也讓自己有最實在的信心。」他拍拍阿龍和小彬的肩膀，拍拍每一位天鷹會員的肩膀，仍然微笑著。

正當看得興起不願離去的觀眾，團團將天鷹航空站圍住。他們似乎以為這個有意思的俱樂部，說不定心血來潮，又要加演一場餘興節目啊！

天鷹會員們按捺不住興奮，吱吱喳喳地談論著。

紅衣少年樂瘋了，他紅咚咚的臉頰，比那件「註冊商標」的紅夾克還要紅過三分，他說：「我告訴你，看它們穿過橋孔的時候，我的心跳都停止了，真的沒騙你。我一直擔心那個螺旋槳，會不會摔下來，突然『咻——』地飛掉了。真的！」紅衣少年抓住人便這樣重複說道。

「怎麼會呢？你那個螺旋槳又不是紙糊的，是不是你沒有拴緊呀？」

「拴緊了！我只是擔心，很擔心，要是掉了，我真該死！」

阿龍和小彬想再向紅衣少年說一聲「謝謝」，話到嘴邊卻又說不出來，怕紅衣少年一揮手又說「別提了」。其實，說了也不能表達心中萬分之一的意思。這樣共患難的友情，哪裡是一句「謝謝」所能達意？應該感謝的又何止紅衣少年一個人？點點滴滴的往事湧上心頭，唉！真想痛痛快快地哭一場，哭成一張大花臉也可以。

阿龍告訴小彬：「我們要再入會一次。」

紅衣少年問他：「你們不是已經早就宣誓入會了嗎？」

「那次不算，我們要重來一次。」

小彬懂了，他收起笑容，說：「對！我們再宣誓一次，這次真心真意。」

擠在航空站的觀眾，不明白宣誓些什麼，興趣更加高昂，他們成了不請自來的觀禮者，把航空站團團圍住。

阿龍和小彬直立在門柱前，他們舉起右手，跟著紅衣少年一句一字唸道：

一、服從教練指導並注意禮貌。

二、友愛會員，相互幫助。

三、不在跑道逗留，維護人機安全。

四、注意環境整潔，不損壞農作物。

五、發揚天鷹精神。

阿龍和小彬的神情嚴肅，聲音嘹亮而雄壯，他們才宣誓完畢，陳教練走過來了，他和阿龍和小彬握手，說道：「歡迎加入我們天鷹的行列。」

秋高氣爽，波浪般奔騰的芒花上，飄浮著進行曲悠揚的音樂，阿龍和小彬的心情說不出的好；而心中卻一片寧靜，像暴風雨過後的湖泊、像颱風過後的蔚藍海洋、如天鷹翱翔的穹蒼、如流星雨劃過的夜空。

阿龍抱著「大鷹號」，小彬扛著「神勇號」，阿龍張口似乎想說話，卻遲遲沒有聲音，他只好大笑，一直笑，笑到所有人都跟著笑起來，笑到他和小彬的眼淚止不住地淌下來。

賞析

天鷹展翅搏九天

高雄市文藝協會理事長　蔡清波

翱翔天空，如飛鳥自由自在，哪個少年不懷夢想？能親身駕機飛翔天空的少年又有幾位？想享受操控樂趣的少年，總覺在電動螢幕不過癮，而玩模型飛機翱翔天際，以蒼穹為家，以草坪或平地為起航跑道，則是少年最易做到的事。李潼的《天鷹翱翔》，即以此做為他文學天空的起飛點。

我的童年時光陪父母在自家田園耕種，有馳騁原野的機會。在那裡有著雲雀半空高唱，蜻蜓藍天飛翔，著名雷虎特技小組竟然也出現在這片空域練習，那最精采的翻滾、低空對飛、炸彈開花等特技，我都有幸目睹，常冀望著有一天也能如天鷹般展翅，直上九天雲霄之外，可惜僅能搭飛機飛上青天圓夢而已，未能親嘗操控之樂趣。

李潼的《天鷹翱翔》，打開少年心事，滿足那分翱翔天空的喜悅。起飛前的準備，一串串紮實按部就班的程序，先站穩腳步，才能飛得高、飛得遠、飛得好，人生旅途，何嘗不是如此？莊子〈逍遙遊〉篇中提到：「大鵬鳥要飛到南冥去，兩翅拍打、濺起水花三千里高，要扶搖而上直達九萬里的高空。」雖然有些誇張，但氣勢是何等動人。天鷹展翅的氣勢如大鵬鳥般，引人入勝，環環相扣，令人欲急速讀完，而求得最後的答案。其實讀者可慢慢品嘗，享受閱讀精采小說的樂趣。

天鷹展翅前，在漠漠河川荒地上，李潼設計一場精采好戲上演，梳理過的清晰詞句，在芒草翻飛、秋風瑟瑟中，揭開序幕。李潼筆下，總有一陣翻騰。一位有點叛逆、頡頏不俗、自信又自炫的主角——阿龍出現了，他有著少年愛冒險、衝動又熱情的個性，執著於熱愛的遙控飛機。人物的塑造中，阿龍扮演那位愛炫愛表現，又具有自信，技術一流的少年玩家，卻苦於沒有表現的機會。在陳教練的教導中，李潼要告訴少年的是天鷹展翅前，要有「登高必自卑，行遠必自邇」的觀念，凡事先打好基礎，有紮實的功夫，才能進一步力求變化，此時的變化，即能達到隨心所欲操控的境界。

小彬和阿龍一搭一唱，說出好多觀點和內心的世界；紅衣少年的伏筆，是股支撐的力量。人在最自滿的時刻，總是最脆弱，也最容易發生意外，需要相互的扶持，紅衣少年正是那種溫馨人物，適時出現，給人協助、支援，在臨門一腳時，化阻力為助力，能超越關鍵的一刻，即能達到成功之門。

老謀深算的陳教練，帶領著一群毛毛躁躁的孩子，他全力掌控，以技術說服眾人。雖然總是一臉神祕冷漠、深不可測的模樣；但在決策中，卻能快刀斬亂麻。尤其在故事結尾，陳教練更是亮出他在飛行策略及操控技術上，以實力服人的最佳表現。

情節的衝突中，精采絕倫的技巧，猶如大鷹的翻滾，時而高飛晴空，帶動高潮；時而俯瞰青山綠野，快速俯衝，目不暇給，吸引讀者血脈賁張。李潼藉著阿龍不服輸的心理，製造了一次又一次的意外，讓這些意外衝擊著讀者的心。由練習賽中，受風重創，使參加比賽的飛機屈指可數，到阿龍堅持參加熱身表演，卻因表演過度，安排飛機出了意外，掉在竹林中的效果，引發在胖子外公家，為搶救飛機的一幕，使讀者內心跟著起伏不定。懷著希望，又因飛機掉落而摔壞，使希望破滅，直至轉折到紅衣少年願將自己飛機可用部分拿出來組合，才又燃起希望，也激發著讀者亢奮起伏的心。

最後修復好的「神勇號」和「天鷹號」、「自強號」在天空翱翔搏九天後，成功完成任務，接受歡呼。這讓我們回想到二次世界大戰末期，飛機從航艦起飛去攻擊，常遭猛烈炮火襲擊，雖然機毀人傷；但飛返航艦的殘機，可用零件再度組合修復後又投入戰場，雖然實景與戰場有天壤之別；但壯士放手一搏的凌霄壯志均是有志一同。

李潼在對話的處理，更能活靈活現，栩栩如生地呈現人物的個性：陳教練的話不多，卻具有權威性；阿龍總是帶有叛逆及自信；小彬則和阿龍秤不離砣地搭檔在一起，其實也可和阿龍合而為一。對話引發情節的鋪陳，速度快慢的搭配，控制著整部小說節奏的進行；語言活潑有力的跳動，也帶來多元的思考；透過人物的對話，往往說出創作者要表達的旨意，而李潼也藉著對話中綰合了情節全局的變化，使人物的表現更加突出。

「好。出發，起飛……」「『拉高——』小彬喊得太用力，連聲音都走調了。」「……紅衣少年叫道：『阿龍瘋了。』」簡單幾個文字，早已挑動讀者的心弦，李潼掌握的對話文字簡潔有力，處理得精妙準確。

李潼的創作以少年小說見長，常有頗具創意的處理技巧運用，《天鷹翱翔》一氣呵成的情節變化也機敏過人，場景一幕幕變化在情節的轉折中，戛然而止的結尾，更令人留有餘味。

盼李潼能以天鷹展翅搏九天之精神，再為少年小說開創先河。

後記一

起飛、航行和降落

李潼

1

七級強風在綠島機場的跑道沒遮攔地吹襲，吹得紅白條紋的帆布筒風向標，鼓脹得平直。

我們搭乘的二十人座小客機，緩緩離開停機坪，即將起飛。綠島機場不大，飛機更小，這樣的小客機在這樣的機場和強風中，顯得格外瘦小。我們很用力地凝視窗外，擔心飛機太輕巧，禁不起強風吹襲，起飛得歪歪顛顛。飛機若穩重些，該好吧？又擔心我們的體重和行囊太沉甸，小客機的馬力不足，載不動，飛不起來！

小客機的駕駛艙和客艙之間，沒門沒窗，連區隔象徵的布簾，也收攏一邊，於是，兩艙之間一目了然、聲氣相通。旅客們在張望窗外的同時，也充當飛行見習員，更用力地觀察駕駛員的每一個舉動，聆聽他交代的每句話。

小客機滑行到主跑道。我們看望窗外的紅白條紋帆布筒風向標，知道飛機正順風前行。

沒錯，順風加速，才能起飛得更順暢、更平安。

我們的飛機卻始終保持「散步的速度」，依傍著海岸滑行；駕駛員似乎有意讓我們欣賞綠島海濱的每一顆礁岩、每一朵浪花和每一隻悠閒爬行的螃蟹。小客機一直滑行到跑道盡頭，才「懸崖勒機」。

小客機在懸崖前轉身回頭，駕駛員再次叮嚀旅客將安全帶繫緊。

小客機這時轟轟加溫熱機，加足馬力！

逆風起飛！

我們的小客機迎向七級強風，急行快衝。機首猛然抬起，我們仰貼椅背，感覺胸口緊悶，小客機一飛沖天！

小客機的駕駛員頗懂「以客為尊」，更善體人意，他說：「逆風起飛以縮短滑行的距離，降落也是一樣，比較安全。像我們這種短程客機，起飛和降落的次數頻繁，飛行安全和操作技術的關鍵就在這裡。我的經驗豐富，大家請放鬆，」他又叮嚀旅客繫緊安全帶，說：「好吧！我們準備降落了。」

駕駛員對「起飛和降落重要性」的解說，讓我們寬心不少，大可「放鬆」；但他自我滿意度頗高的「經驗豐富」，卻又讓人想放鬆又不太敢放鬆。

果然，我們在短程的飛行降落前，嘗到了更緊張的滋味。

善體人意的駕駛員，將經驗豐富的技術本位延伸為特技表演；將「以客為尊」的服務精神擴張為「雲霄遊戲，歡喜就好」。一位不甘寂寞又膽識過人的旅客，在小客機降落前突發奇想，她說：「你每天這樣起飛、降落，不覺得很無聊嗎？我怎麼會知道你的技術有多棒？」

這位駕駛員為「滿足顧客的需要」，也為證明他經驗豐富的技術本位，居然改變降落程序，將小客機陡然拔高，在臺東上空以側飛、盤轉和急降地露了兩手。

二十位旅客的驚呼，不知是否能讓那位駕駛員滿意，讓他的「豐富經驗」又添一樁？

2

一般人或許不太能體會航空器「起飛和降落的重要性」，但多半懂得它與地心引力和氣流保持和諧狀態的翱翔天際，難能可貴；肩無雙翼的人們，結伴凌空飛越，這是多麼驚喜的美事。

一經點醒，我們也可以想到，飛航前後的機體維修及檢測是要緊的，連同全體機組人員的性格修養、技術養成、情緒管理、瞬間反應、敬業精神乃至對生命的終極關懷，對任何一次完美的航程都有重大影響。

不論飛行員、火車司機、教師、銀行櫃檯員、清道夫、學者、木匠、售貨員、便當店老闆或作家，都有他們的專業技術；只要用心和努力，他們大都可習得熟能生巧的技術，加上天分和機運的適時輔助，有人還能成為他們專業中的頂尖人物。

熟能生巧，是一種境界。

巧妙的專業技術轉化為賞心悅目的藝術表演，又是另一種境界。

它們值得精進追求，但「巧妙」的基礎，需要不斷積累，「表演」的根本，不能遺忘，否則，技術不進則退，巧妙總會褪時。當表演只是純粹的賣弄，其中不免有得意忘形的疏忽，尤其是意氣用事的逗耍，最容易潛藏禍端。

藝高膽大又是一種境界。

精湛的特殊技能若能恰如其分地運用在合適機會，它的結果多數是美好。不論結果的成敗，它的過程本身就是一項藝術，特別是其中包含了團隊榮譽感、凝聚向心力或個人深一層的體會，這時，連生命的境界也提高了，因為，其中包含了分享的快樂。

3

《天鷹翱翔》是我第一本結集出版的兒童少年小說作品。這本書在一九八四年，獲得第十一屆洪建全兒童文學創作獎中篇少年小說首獎，一九八六年一月由洪建全教育文化基金會所屬的書評書目社發行單行本，並在同年獲得行政院新聞局金鼎獎優良圖書出版推薦獎。

因洪建全文教基金會改變經營策略，在一九九〇年將《天鷹翱翔》版權歸還給我。這十年來，我又完成了四十多部作品，一直不曾積極地為它找尋重新出版的機會。這並不表示我不看中它，相反地，有一種據為「私房書」的奇怪心情，特別在兒童文學學術研討會、小型讀書會或演講的場合，朋友、讀者提起《天鷹翱翔》曾給他們的孩子、學生或自己的感動時，這種「就讓它永遠絕版，成為一則流傳的懷念」的奇怪心情，格外有趣。

這樣的想法，實在太「兒童文學」了。

這想法當然是不實際，對這本書不公平，有違「讓作品廣為流通是作家的天職」，一旦有適當出版機會，理該讓它再度面世，結交更多的讀者才對。

民生報社出版的《天鷹翱翔》，在小說情節和敘述結構保存一九八三年脫稿的原貌，只在少部分字句和段落做了修潤，這是我對「當年情懷」的尊重，也是對寫作生涯第一本著作的紀念之情。

讀者在《天鷹翱翔》起飛、航行和降落的故事中，看見競爭、自私和互助的衝突，發現無情、悔改與友愛的矛盾，以及體會失敗、勝利和榮譽的轉折之外，我更希望讀者能認同這是一本有趣的小說，是一本看得下去，而且有一點回味的小說。

歡迎來到「天鷹俱樂部」。

二〇〇〇年十一月十八日

臺灣．羅東蓬萊碾字坊

後記二

在文學天空飛航前的李潼

賴南海（李潼胞弟）

1

李潼自幼便偏愛戶外生活，每日課餘飯後，總以四處遊蕩居多，花樣繁雜，行程緊湊，實難盡述。大概是命中驛馬星特別活躍吧！所以就此一路玩到中國、泰國、馬來西亞、日本和歐洲各國，人也不堪其累，他終不改其樂。

我與他幸屬至親，彼此行年接近，兼又氣味相投，從小就和他常相左右，從跑腿幫辦一路做起，直到蒙他屢次拔擢，榮任為貼身侍衛而止。

平日我多半與他焦孟不離，即使他偶爾擺脫跟監，和同窗好友共作少年遊，事後也會以沿途風物、奇珍異聞，逐一相告，如見我神色過於靜定，則手舞足蹈，繪聲繪影，極盡聳動誇張之能事，務必令我飲恨含淚，咬牙切齒，方才甘心！若仍意猶未盡，則提筆為文，博人共賞。

其中，最教他樂道自豪的，莫過於他發表在初中校刊的處女作——〈隨風行過三棧橋〉。

「雖說是啼聲初試的少作，卻已盡得文采風流。作品才經刊登，即普獲行家賞識，公認為文壇奇葩，更迅速引發全校讀者的熱烈回響，仰慕信件一時如雪片飛來。而且據保守估計，當月的三棧橋遊客人數，較往年同一時期，竟足足高出有三成之多，甚至出現投『鞋』（涉水流失之拖鞋）斷流，橋為之塞的空前盛況……」（本段為筆者代擬之作，讀者不妨以「魔幻寫實」風格視之，可不必深究。）

2

他特別喜愛和風麗日、水綠山青的原野景致。即便有時限於天賦文學使命，非困守斗室案前不可，必也不時抬眼側望窗外雲天，做出一副雖不能至，而心嚮往之的悠然神情。縱使風雨撲窗，寒氣侵戶，至少總要確定山川無恙，天地仍在，方才稍感心安！

他曾不止一次向我表白患有「密室恐懼症」（時間多在行將踏入我的住戶之前，每次總令我不寒而慄）。

其實，不管是去誰家作客，他的「進門一件事」，照例是以乾坤大挪移的詭異身形，配合佛山無影手的奇幻招式，掩至各處門窗帷幕，將之一一打開；至於主人的慘叫或哀號，則通常不予計較。進行此一動作，他向來風格慓悍，絕不手軟。據聞有多位同行賓客打算贈予他匾額兩座，其一曰：神乎其技；另一曰：勢如破竹。他正考慮是否接受。

一般來說，他多能遵循「簡單、迅速、確實」的行事原則；但有時迫於需要，也會酌加適當音效及精闢見解。

「水泥牆面的氡氣會致癌，你知不知？」一窗已「呀」然而啟。

「房間不通風不行喔，新鮮的空氣對人太重要了！」話音落處，另四扇窗戶也「嘩啦」而開，無一倖免。

「一點點灰塵有什麼關係？悶出病來那才慘！」語音未歇，餘音猶在，前後二門，也乒乒兩聲，相繼洞穿，化做一條通。至此氣暢無阻，他這才露出欣慰的笑容。

當然，若是閣下貴宅緊鄰重工業區隔壁，則按理可獲通融，得予少開一窗一門及兩片窗簾之破格優待，除此不可再作其他無理要求！

3

李潼之愛玩早經公認，但我仍時時對他啟疑：他對領隊導遊的興致會不會更濃厚些？

我正式任教的第二年寒假，他就迅速招募了一批人馬，組成一支勁旅。成員個個年輕，衝勁十足，平均年齡八歲：包括大哥的三名女兒和大姊的一雙兒女。經慎重考量，決定寓教於樂，兼具理性與感性。

基於量才適用的原則，團員各有職稱權限。我因天生「厲」質，體態魁梧，夙具威儀。在他以外型取勝的極力稱許下，榮膺「訓導」一職，專司恐嚇。他則自任領隊、導遊、解說、輔導等多職。兩人黑白搭唱，倒也堪稱為完美組合。

行程自臺中車站起，入中央山脈，沿中横東行，投宿花蓮三姊家中，盤桓數日，再繞行北臺灣各地，止於霧峰。

那年冬天，冷鋒過境，車到大禹嶺，忽聞前方來報：積雪封途。司機只好停車路肩，靜候公路局派人鏟雪處理。

兩大五小，立即呼嘯下車，就在路邊車前打起雪仗來。玩得正不知汽車之將發，忽見李潼高舉雙手拍掌，「啪啪！」兩聲，眾隊員便即就位。等大家稍事已定，他便開始一展長才，從天工開物、板塊遷移、地殼變動，一路說到榮民炸山開路的艱苦悲辛，直到個個團員淚下沾襟，同聲一哭，才戛然而止。然後他便招呼大家：「擦乾眼淚，上車吧！」我則隨後大吼：「趕快！」

中橫之旅全程，概皆依此模式進行。他的家族地位當然一夕漲停。最慘是我，因為過於投入角色，從此惡名昭彰，一世令譽盡毀一旦，至今猶不得討還公道清白！

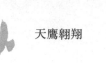

後記三

飛行人生

賴以誠（李潼長子）

父親愛看電影，常帶我們兄弟到鎮上戲院消磨一個下午。他跨上機車，前面站一個、後面抱一個便出發了。

戲院坐落在市場彎彎曲曲的巷弄裡，機車停在廟口的佛具店旁。一邊有熱鬧的市場、書攤，還有賣活蛇的小鋪。我們常要求先參觀一下鐵籠中像糾結釣魚線的毒蛇，再窺看廟埕善男信女所攜帶的鮮花、餅乾……一路看到戲院開始播放預告片。

我記得那是一部場景在大型客機上的冒險動作片。電影從飛機起飛開始，在降落時結束。

劇情裡種種光怪陸離、緊張刺激都發生在天空之上。有一群男人你追我跑、相互毆打，甚至還發生槍戰與爆破場面；但一陣衝突之後，飛機還是平安降落。電影的最後一幕不免俗地要來一下英雄美人的擁抱與飄揚的美國國旗，觀眾皆大歡喜。

但我們兄弟還不滿足，父親便會領著我們來到廟口前的麵攤，每個人一碗乾麵，再共享一碗扁食魚丸湯。一邊吸著麵條，一邊聽父親低聲說著，麵攤老闆因長年彎腰煮麵而逐年彎駝的故事……乾麵濃郁的香氣，廟口金爐的香煙繚繞，與麵攤老闆的鐵勺往鍋蓋一掀冒出的水氣，在空氣中淡淡的融合。電影爆破的音效、喳喳的美語和父親壓低聲量述說的故事，一再交錯、點亮……食客、香客與電影散場後心有餘悸或輕鬆愉快的觀眾，都在這混雜的迷濛中聚合、散去。

在我的記憶之中，看一場電影就是在市場的繁雜熱鬧中開始，在廟埕麵攤的迷濛中結束。而美國英雄、乾麵、爆炸、佛具、飛機和毒蛇，都在這煙霧水氣中舒緩而心安理得的排序、記憶。

人的一生，何嘗不是從起飛開始，在降落時結束？空中的驚險亂流或平順安定，又有多少是我們自己能完全決定？有人起飛得驚險，卻能平安降落；有人看似飛得平順，竟高空墜落；也有人飛行在百慕達永遠失蹤……人們在天空中交織了不同方向、不同目的、不同起降地點的飛行人生。飛機的起飛與降落、電影的序幕與結幕、人生的開始與結束，能不重要？

起飛與降落也是《天鷹翱翔》中的一個重要的譬喻。父親在一九八三年創作了《天鷹翱翔》。當時他在羅東溪河床上認識了一群玩遙控飛機的少年，這是以遙控飛機為創作題材的一個契機。小說中強調能夠有頭有尾地穩當完成一件事，就像飛機的正常起落，才是最值得稱許的。若是在過程中耍弄花招，甚至為了耍弄而誤了事情，反而得不償失。而凡事追求新奇、超凡的花招，也是青少年值得思索的問題。

因此，飛機也是需要適度「遙控」的；家長、老師、書本，對於青少年來說是必要的牽引與指示。成人想要直接用手牢抓像飛機般正要衝刺的少年，有些困難；但若是讓飛機遠離遙控器的無線電範圍，飛機也難保不會隨風飄零、墜落。

《天鷹翱翔》是父親作品少數僅有男性角色的小說。角色與事件都在充滿衝刺、一展抱負的陽剛特質中展現；但也需要友善的紅衣少年所具有包容、關懷的柔性特質，才能化解原本越趨尖銳的衝突。原來人際間協調的合作，才是發揮個人才能的先決條件。另外，有沒有發現書中有地方出現過紅衣少年的名字？名字跟人一樣可愛！

人生中若能遇見一次如紅衣少年般的人，是幸福的；若沒遇見，至少也要當一回紅衣少年。小說帶給我們的啟示銘印在心，並且留給我們豐富多樣的美感經驗。父親利用少年小說放映出一幕幕人生風景，這些風景陪伴我們成長、學習，在我們飛行人生中看見日出、晚霞或滿天星斗。無論我們未來的飛行是否平安順遂？但我們總會在降落前，憶起我們見過的種種美景。不虛此行。

人生的開始與結束、電影的序幕與結幕，父親創造了自己飛行人生中的風度與光彩，少年小說也如同電影情節般跌宕多姿。但我相信，父親的一生更在追求一個平穩的起飛，與一次安心的降落。

李潼作品集

天鷹翱翔

2021年9月二版　　定價：新臺幣290元

著者　李潼
叢書編輯　葉倩廷
校對　趙蓓芬
內文排版　王分穎
封面設計　謝佳穎

出版者　聯經出版事業股份有限公司
地址　新北市汐止區大同路一段369號1樓
叢書主編電話　(02)86925588轉5312
台北聯經書房　台北市新生南路三段94號
電話　(02)23620308
台中分公司　台中市北區崇德路一段198號
暨門市電話　(04)22312023
台中電子信箱　e-mail：linking2@ms42.hinet.net
郵政劃撥帳戶第0100559-3號
郵撥電話　(02)23620308
印刷者　文聯彩色製版印刷有限公司
總經銷　聯合發行股份有限公司
發行所　新北市新店區寶橋路235巷6弄6號2樓
電話　(02)29178022

副總編輯　陳逸華
總編輯　涂豐恩
總經理　陳芝宇
社長　羅國俊
發行人　林載爵

行政院新聞局出版事業登記證局版臺業字第0130號

本書如有缺頁，破損，倒裝請寄回台北聯經書房更換。
ISBN　978-957-08-5856-3 (平裝)
聯經網址：www.linkingbooks.com.tw
電子信箱：linking@udngroup.com

國家圖書館出版品預行編目資料

天鷹翱翔/李潼著．二版．新北市．聯經．
2021年9月．184面．14.8×21公分（李潼作品集）
ISBN 978-957-08-5856-3（平裝）

863.596 110008091